Brigitte Kronauer
Frau Melanie, Frau Martha und Frau Gertrud

Drei Erzählungen
Mit einer Nachbemerkung
von Jürgen Dormagen

Suhrkamp Verlag

Suhrkamp Verlag Frankfurt am Main
Mit freundlicher Genehmigung des Verlags Klett-Cotta

Druck: Nomos Verlagsgesellschaft, Baden-Baden
Printed in Germany
Erste Auflage 2005
ISBN 3-518-22397-6

1 2 3 4 – 10 09 08 07 06 05

Frau Melanie, Frau Martha und Frau Gertrud

Frau Melanie, Frau Martha und Frau Gertrud

»Nachtwächterlieder hör ich singen,
dazwischen Nachtigallenlaut«
Heinrich Heine: Anno 1839

Drüben die Frau, in rotem, feuerwehrrotem Kostüm setzt sie Fuß vor Fuß, mühsam, aber man soll es nicht merken. Wäre die Straße nicht so menschenleer, würde sie sich vielleicht noch stärker zusammenreißen. Vielleicht tut sie es ohnehin jedesmal, wenn ein Auto vorüberfährt. Am Schnitt der weißen Haare, am herrischen Doppelkinn erkenne ich, daß es sich um Frau Melanie Grawe handelt, was mir sogleich einen Stich versetzt. Da muß ich auch schon an Frau Martha Pade denken, die, lebte sie noch, sogar einige Jahre älter wäre. Was flüsterte sie immer vor sich hin? Ein Aufseufzen, das aus fünf bis sechs Wörtern bestand, die ich aus der Ferne wieder undeutlich höre, während die Frau dort drüben, Melanie Grawe, in großer Charakterstärke gegen ein Körperhindernis angeht und dabei auch vorankommt.

Frau Grawe, mein Gefühl trügt mich sicher nicht, benutzt noch immer, genau wie es Frau Pade tat bis zu ihrem Tod, einen Lippenstift, der allerdings nur

noch vage die Konturen des Mundes, vielmehr dessen ungefähre Position beim Lächeln angibt.
Wie Frau Gertrud Ritter, die eigentlich insgeheim dazugehört, ich glaube, als Dritte im Bunde dabeisein sein will, ohne es zu ahnen: Auch wenn sie ihr Leben lang sich selbst nur mit Handcreme und duftender Seife verschönt hat, gehen und gingen Frau Melanie, Frau Martha und sie, Gertrud, in den letzten Jahren stets mit Schirm. Stockschirme waren es in allen drei Fällen. Bei gröbstem Sonnenschein vergaßen sie die nie. Bei Regen hätten sie zwei gebraucht, und man sollte es für Vorsicht gegenüber der Witterung halten, das hoffte jede, wenn sie, anfangs nur sehr leicht aufgestützt, ihre Wege ohne weitere Begleitung abschritten.
Diesen einen schwerwiegenden Mangel in ihrem letzten Lebensjahrzehnt, bei Martha Pade für eine viel längere Zeit, ertrugen, tragen sie alle drei unwillig, aber mit jeweils ähnlicher Tapferkeit, als hätten sie einander gekannt und wollten darin wetteifern.
Was für ein Zufall! Das mache ich mir erst jetzt, in diesem Augenblick, klar: Alle drei waren Mütter, aber nur von Söhnen. Einzig Martha bildet zu zwanzig Prozent, ich weiß nicht recht, wie ich es veranschlagen soll, eine Ausnahme. Als erstes Kind gebar sie eine Tochter, aber die kam tot zur Welt. Sie erzählte, und wurde noch bis zu ihrem

Tod zornrot dabei, man habe ihr alles verheimlicht, schließlich aber, auf der Suche nach dem Kind, sei sie von der Wöchnerinnenstation zu einem kleinen Nebengebäude gewiesen worden, eine Art Geräteschuppen. Dort habe sie in einem Kasten die Leiche mit dem Namensschild gefunden. Dann rechnete sie jedesmal schnell das heutige Alter des ungetauften Säuglings Elisabeth aus und keuchte ihr Sätzchen, das ich aber im Moment nicht richtig zusammenkriege. Es endete mit einem geckernden Kichern zur Geselligkeit, sich entschuldigend, flink wieder Anschluß suchend, gegen ihren Busen hin.

Alle drei erinnern mich an Domglocken, Melanie, Martha, Gertrud. Wie von einem Schreibpult fielen ihnen die Blusen und Kleider über die stattlichen und in eine feste Form gegossenen Busenvorsprünge, egal, was sie trugen. Der Schnitt ihrer korsettierten Brüste unterwarf sich jede Mode. Martha Pade, zugegeben, war am Ende nur noch ein Silberglöckchen. Selbst ihr seufzendes Sprüchlein bekam etwas asthmatisch atemlos Bimmelndes.

Sie alle drei, Frau Gertrud, Frau Martha, Frau Melanie, schwangen sich so gern hinaus, hinaus über ihre kompakte, glockenförmige Fleischlichkeit, die eine durch Cognac (Melanie), die andere (Martha) mit dem »Ave Maria« singenden Mario

Lanza (oder war es sein erotisch so tieftrauriges »The thrill is gone«?), Gertrud vor ihrem wohlriechenden Kleiderschrank voll blendend weißer Blusen mit langem und kurzem Arm, viele noch keinmal getragen, wie früher, in lebendigeren Zeiten, vor dem Regal mit eingemachten Kürbissen und Gurken, auch beim Überstreifen weißer Lederhandschuhe, schwarzer Seidenhandschuhe. Einen Tropfen Alkohol hätte sie, Gertrud, niemals, nie auch in den schwachen Stunden der Liebe und des Alters angerührt. Martha? In Gesellschaft bis zur leichten Trunkenheit. Melanie? Allein nicht so gern, doch zur Not, und sehr oft, allein. Die beiden, Melanie und Martha, hätten vermutlich über die standhafte Gertrud gespottet, wenn sie sich alle nur gekannt hätten, die beiden, bei einem Gläschen, bei einer guten Flasche. Aber einzeln vielleicht, da wäre sie ihnen lieb gewesen als Vertraute, als reinlich freundlicher Trost.
Gertrud ihrerseits? Die hätte doch kaum Gefallen gefunden an den zarten oder sogar kräftigen, befremdlichen Ausdünstungen der beiden amüsierten Bewerberinnen. »Ich kann gottlob gut allein sein«, würde sie, sich empfindlich entziehend, sagen und auf den Balkon treten, in die Runde und in die Baumkrone sehen, bis sich die helle Gesichtshaut, ihr Seelenpanier, von der Außenluft ein wenig rötete, einen Blick auf die anderen Balkons

werfen, ob zwischen den Blumenkästen ein Kopf, beige, grau, weiß, erschiene, und je nachdem den Rückzug antreten oder ein sachtes Winken zustande bringen. Wenn alles starr bliebe, unbewegt, wie ausgestorben und totenstill, Wörter, die sie ausdrücklich nicht denken wollte, ach, dann wäre der Baum mit den lispelnden, zittrigen, tausend und abertausend Blättern ihr bester Freund, der es ja gleich gewußt hatte, ein lächelnder Weltabgrund, der nah zu ihr vorgerückt war und ihr gut zuredete, zuflüsterte, bis sie plötzlich wieder im Zimmer stände und zu bügeln begänne in der Stille, gegen die sonntägliche Lautlosigkeit. Frau Grawe, Frau Pade als Verschworene? Warum nicht, ab und zu, als Fanal einer kleinen Verwegenheit. Hatte ihr treulicher Mann, Heinrich Ritter, seine Heimat Schleswig, sein Beruf Finanzbeamter, draußen stets mit Hut, drinnen mit Abdruck des Hutbandes, nicht gerade diesen vibrierenden, seltenen Zug von Frivolität geliebt, wenn sie den rechten Mundwinkel mit schwachem Schnauben hochzog? Aber Unsinn, sie kannte die beiden ja gar nicht. Doch Hanni in Australien, leider in Australien, war schon damals ein lustiges Luder, ein netter Teufel. Die würde ihr nicht schaden, alle paar Wochen. »Ritter Heinrich, Retter Heinrich ohne Unzucht und Tadel«, hatte sie gelästert. Immerhin er, Heinrich, war nach zwei Jahren Ehe Vater eines

Sohnes, ein Sohn, von ihm gemacht und nicht schlecht, mit solchem Dickschädel schon bei der Geburt, daß ihr der eine fürs restliche Leben reichte.

Hinter den Söhnen verblaßten die Männer, da konnten sich die Männer noch solche Mühe geben. Langsam, langsam nur kriegten sie wieder ein bißchen Wichtigkeit, wenn die Söhne das Haus verließen oder starben. Wäre es nicht besser, im Sinne der Natur, bei Licht besehen, die Männer gingen und die Söhne blieben? Die Söhne, sie verloren nichts an Schönheit, Zuversicht, männlicher Kraft. Und man hatte sie sich von Grund auf hergestellt, jede Ritze, jeden Muskel an ihnen genährt, gewaschen, geprüft, liebkost. Die verbleichenden Ehemänner mit ihrem jahrelang auf- und abschwellenden, zu- und abnehmenden Glied, die holte man hervor, wenn es fast zu spät war. Ein, zwei Jahre erschreckend anwachsender Zuneigung. Gertrud erkannte in dieser Zeit, daß Heinrich nicht nur ein Herz aus Erz besaß, sondern der einzig akzeptable Mann ihres Lebens war. Sie gingen wenig später aus dem Diesseits davon, gerade als man anfing, sie neuerlich zu benötigen und manches zu bereuen.

Martha Pade hatte es schwerer erwischt. Daher hörte ihr Seufzersätzchen, das mir mit allen Wörtern immer noch nicht einfällt, nie auf, war viel-

leicht schon zur Welt gekommen, als sie mit dreizehn zur gestrengen Meisterin in die Schneiderlehre mußte, Martha mit ihrem niedlichen Gesichtchen und den braunen Schlangenlocken. Nicht älter als dreizehn war ihr Sohn, als das Schreckliche passierte und ihr Leben zerstörte, ein Schock, der ihren Körper unfruchtbar machte »für allezeit«. Daß ja niemand wagte, den Namen ihres Sohnes auszusprechen, und keiner ihr sein Bild zeigte, nicht innerhalb der Wohnung und nicht außerhalb. Ist sie nicht, die durchweg lebensfrohe Frau Martha, die so köstlich ihre Gäste bewirtet, ein Genie der Festivität? Bei den Rosen, die sie kurz vor Eintreffen des Besuchs mit Wasser besprüht, als sei der Tau auf sie gefallen, fängt es an.
Und erst recht Melanie Grawe hat nicht die leiseste Idee von solchem Lebensgram. Drei Söhne. Drei! Und alle am Leben! Alle verheiratet, würde Frau Gertrud mit gesenktem Kopf hinzufügen.
Aber ihr, Melanie, was nutzte das ihr? Hat sie etwa den Swimmingpool für planschende Enkelkinder anlegen lassen? Ums Verrecken nicht. Zumindest nicht in erster Linie. Ja, sie hatte auch Rosen am Beckenrand blühen, sie sah auch an langen Sonntagnachmittagen in das Blättergesäusel hoher Birken, daß sie beinahe die Motten kriegte davon. Kein anderes Geräusch, harmlose Klaviermusik klimpernd so laut, wie die Polizei noch so eben er-

laubte, und dann noch einmal – etwas ganz anderes als das bißchen männliche Geräusch, Gelache, Gefluche, für das sie sich wochentags begriffsstutzige Handwerker kommen ließ – ein Mann, der alte war ja schon zwei Jahre im Jenseits, unter der Erde mit Sicherheit. Noch einmal, wie gewünscht und nicht bloß von ihren guten Weinen hergelockt, ein Mann, der regelrecht schwimmen konnte. Und wie er sich des Wassers bemächtigte, so auch ihres Leibes, das hatte sie im voraus gewußt, als sie ihn zum ersten Mal kraulen sah, hatte vor Vergnügen zu lachen begonnen, ihn durch seine Brille beobachtet und sie im Schlafzimmer versteckt. Der zwackte am hellen Mittag von hinten in ihre Hüften und nahm sich viel heraus, schubste sie ins Becken, so daß sie, zwei glückliche dicke Menschen, fast ertranken im Gespritze und Geklatsche. Jedermann konnte es hören bis auf die Straße. »Man hört uns bis auf die Straße«, kicherte Melanie hochzufrieden in jenem Sommer, für den allein sich das Schwimmbassin rentiert hatte. Zu zweit trank man mehr als allein. Im nächsten Sommer blieb es still, aber sie hatte sich angewöhnt, allein für zwei zu trinken, das Haus aber nur noch tipptopp, in erstklassigem Zustand zu verlassen. Bloß keine Schwäche gegen die Außenwelt. Dazu zählten auch die Söhne, erst recht deren Frauen. Das waren die Vorsätze. Ruhe gab sie aber noch nicht, es gab noch keine Ruhe in ihr. Sie ging ja noch gerade damals und so schnell sie wollte. Sie bestimmte die Geschwindigkeit, ihr Wille gab das Kommando. Es war noch nicht wie jetzt, wo es ihr vorkam, als hätte man sie in einen schlecht sitzenden eisernen Anzug gesteckt, den sie gar nicht mehr los würde. Beim Liegen störte er am wenigsten, beim Gehen auf Schritt und Tritt. In den späteren Jahren mußte sie manchmal am Abend noch unter Leute, marschierte einfach drauflos in ein nahes Wirtshaus und trank dort allein einige Gläser. Ein Mann, halb so alt wie sie, leistete ihr gelegentlich Gesellschaft. Einmal fand man sie am Morgen vor ihrer Haustür, berauscht bis zur Ohnmacht. Der junge Mann, allein wie sie, hatte sich erhängt. Als Frau Melanie für längere Zeit von der Bildfläche verschwand, dachte man, die Söhne steckten dahinter, die beschämten Schwiegertöchter. Aber schließlich kehrte sie nicht von einer Entziehungskur, sondern tiefbraun mit schief geschminkten, aber leuchtenden Lippen aus Spanien zurück. Zwischendurch hörte man, bei rot flackerndem Alarmlicht, eine ganze Nacht hindurch die Diebstahlsirene.

Und doch gibt es, wenn auch nicht in der Realität, nicht wegen geografischer Umstände, eine Allianz zwischen Melanie und Gertrud, die Martha bitterlich ausschließt, als hätte sie niemals Kinder geboren: die Gemeinschaft der aktuellen, der Gegenwartsmütter. Melanies und Gertruds Kinder leben, und »was wäre ein Leben ohne unsere Kinder!« Wie sind sie doch »unser Stolz und unsere Mitte«, wenn es darauf ankommt! Arme Martha! Mit dem Gefühl einer Schuld beinahe muß die doppelt verwaiste, die dreifach Hinterbliebene vor den glücklicheren Witwen das Gesicht abwenden in Gram und fast schon Schande, derart mit leeren Händen, wenn auch sonst nicht unbegütert seit ihrer Heirat, dazustehen.

Nicht mehr unbegütert, aber unter der Fuchtel einer neuen Meisterin seit ihrer Heirat. Einer abgezehrten, mageren Schwiegermutter im selben Haus. Die Politik blieb fern, die Totgeburt galt als ihr Versagen, war und blieb ihr Schmerz und ihre Schmach. Der Schwiegervater hatte eine offene Jauchegrube unter ihrem Küchenfenster. Im Krieg ernährte ihr Garten, sein Garten, korrekt gesprochen, einen Teil auch ihrer eigenen Familie. Den Mann hätten die Nazis am Kriegsende beinahe erschossen. Eine Bekannte, Postangestellte, wurde hingerichtet, weil sie, um ihrer Mutter zu helfen, ein Feldpostpäckchen geöffnet hatte.

Gertrud und Melanie flohen vor den Bombennächten mit den Kindern aufs Land. Alle drei behielten ihre Männer zu Hause. Kriegstote hatten nur die Verwandten in allen drei Fällen. Alle drei erzählen von den Straßenbahnen, in denen sie zitternd zwischen Stadt und Land pendelten. Keine von ihnen mußte aus ihrer Heimat flüchten. Gertrud hörte von einer Frau aus Schlesien, die Polen hätten nach Übernahme der Metzgereien vor den Schlangen der Wartenden an den Wurstküchen in die Kessel gespuckt. Ein Kollege ihres Mannes behauptete, er habe als Soldat gesehen, wie sich die Erde auf den toten Juden des Warschauer Ghettos ab und zu bewegt habe, unvergeßlich für ihn, er träume davon. Eine Nachbarin, die am Wolfgangsee gewohnt hatte, sagte, sie habe vom Kindermädchen Görings gehört, er sei »immer ein guter Junge gewesen«. Marthas und Melanies Mann bauten in den Fünfzigern für sich Eigenheime, Villen am Stadtrand.

Gertrud wohnte bis zum Tod ihres Mannes Heinrich und länger in der Zweizimmerwohnung ihres alten Mietshauses im vierten Stock, kein Aufzug, keine Heizung, kein Bad, aber in guter Nachbarschaft, mit einem schönen Schrebergarten in der Nähe. Für die Herstellung von Fliederbeersaft hing im Sommer eine weiße Gummischürze in der Küche. »Schwere Zeiten«, sagte sie später, »aber wir hatten es immer schön, wir drei, Heinrich, mein Sohn und ich. Eine gute Familie. Man hatte Bekannte, alles Kollegen von Heinrich, jeden Gedanken meines Sohnes habe ich miterlebt, die

Geschichten all seiner Freunde.« In den Siebzigern fiel der Schrebergarten einer Autobahnauffahrt zum Opfer. »Heinrich brach es eigentlich das Herz.«

Alle drei sieht ihr Wohnzimmer manchmal tükkisch an. Irgendwo liegt die Brille, aber niemand im Raum verrät ihnen was. Kein Plätzchen spricht zu ihnen. Alles hält gemein den Atem an und die Brille versteckt, auf der ihr Blick längst ruht, macht sie für Stunden unkenntlich, damit Martha, Melanie, Gertrud Stück für Stück daran gewöhnt werden, daß ihnen die Welt immer weniger zubilligt, oder vielmehr ihre Sinne ihnen immer weniger Welt.

Frau Gertrud betrachtet die schön aufbewahrten Briefe ihres Mannes aus der Verlobungszeit, später aus Kuren. Wer wird die nach ihrem Tod noch ansehen wollen? Nein, auch ihr Sohn hat anderes im Sinn, und so muß es sein. »Aber es bricht mir fast das Herz, die liebe Schrift, und keiner liest sie«, sagt sie vor sich hin, und der Satz gefällt ihr und ist ein kleiner Trost, »aber es bricht mir fast das Herz«.

Nur Frau Martha Pades Sätzchen, das nichtige, atemlose, geseufzte, kommt nicht in Form, während sich so schwerfällig drüben Melanie Grawe voranbewegt.

Gertrud macht sich Geschenke. Alle Monate treffen Pakete ein, die sie sich in gewisser Weise selbst geschickt hat, und doch sind es Überraschungen. Richtig, ihr Herzklopfen bestätigt es ihr: Sie lebt noch, »mein Puls fliegt«. Ihre Kleider, Blusen, Röcke, nicht immer sind sie ein Volltreffer, nie schickt sie etwas zurück. Sie hängt die Nieten in den Schrank, niemand ahnt den Umfang ihrer Leidenschaft. In einer Art Schwips sucht sie die Sachen in den Katalogen aus. Im Grunde sind es Geschenke an ihn. Was würde Heinrich dazu sagen! Nach einer Woche erst probiert sie, wie ihr die Jacke steht. Sie horcht insgeheim nach oben, ein feiner Draht. Ihr größter Spiegel ist dreiteilig, der auf der Schminkkommode des alten Schlafzimmers. Der kleinste ist ein runder Handspiegel mit Griff, sechs Zentimeter Durchmesser. Auf der Rückseite, Gold auf rosa Grund, kann man »Piper, Damenmoden. Das Haus für große Weiten« aufgedruckt finden. »Das Haus für große Weiten«, sagt Gertrud und tritt auf den Balkon, sieht in den ihr gut zuredenden Blätterkörper, Blätterhimmel.

Man hört sie leise reden. Alles teilt sie dem toten Mann mit. Wenn jemand sie aber ermuntern will durch den Hinweis, Heinrich sehe sie von oben und stehe ihr von dort aus bei, schüttelt sie spöttisch den Kopf: »Meinst du?« »Glauben Sie das etwa?« Sie fragt es so sanft, daß der andere zum

Idioten wird. Wenn sie wieder allein ist, wird sie auch das Heinrich nach oben durchgeben. Er war vorangegangen, hatte den Tod für sie einleuchtender gemacht, den Todesaufenthaltsort, als müßte vielleicht gar nicht ein brutaler Abbruch verkraftet werden, sondern als wäre eine Aufhellung von Düsternis zu erwarten? Heinrich hatte es auf sich genommen und tapfer eine Schneise geschlagen für sie, Gertrud, hatte den Widerstand des Jenseits gebrochen. Dann wieder die eiserne Gewißheit, daß er für alle Zeit in den Grabeskasten gesperrt war.
Ich bin mir plötzlich nicht sicher, wer von den drei Witwen Eigentümer dieses Gedankenganges ist. Alle drei?
Die Angst, wenn sie nicht höllisch aufpaßte, würde der Schmutz die Winkel des Zimmers sachte auffüllen und es schließlich elliptisch machen, der Staub, wenn die Ecken nicht scharf rechtwinklig blieben, jeden und jeden Morgen auf ihre Rechtwinkligkeit hin überprüft würden, wüchse auf die Mitte des Raumes zu als tadelnswerte Dämmerung, dieser Tick aber gehört zu Gertrud, die zeit ihres Lebens aus eigener Kraft und nie mit fremder Hilfe saubergemacht hat.
Eine erzählt manchmal von einer Person, die ihr, als sie Kind war, Kakao kochte und Balladen auf grünem Velourssofa vorlas, etwas, was sie von ihrer eigenen Mutter, so ein bißchen Gefühlsver-

schwendung, von dieser geplagten, herben Metzgersfrau mit immer geröteter Nase, vom Weinen? vom Schnupfen?, nie kennenlernte. Gertrud erzählt es gern Jüngeren: »Die hat mir gegeben, was mir die eigene Mutter vorenthalten hat.« Aber so etwas sagt auch Melanie, und selbst Martha verfährt ähnlich, das machen sie unisono, wenn sie beweisen wollen, daß sie trotz ihres »ungeheuerlichen Alters« (Melanie, Gertrud, Martha) keine monströs anderen Wesen sind, vielmehr wie die Zuhörer Kindheit und Jugend hatten, sie auch, doch nicht diese anderen einzig und allein!
Melanie Grawe allerdings, wenn sie morgens in ihrem Gesicht entschlossen die Lippen markiert, fragt sich, ob es nicht aus ist mit der Liebe, sobald das Gedächtnis kein Bild mehr eine Weile festhalten kann. Die Zeit wird kommen. Aber da sieht sie aus lange vergangenen Jahren die Traurigkeit in einem fanatisch geliebten, sich senkenden männlichen Gesicht zum Abschied, die bekümmerte Finsternis bei zusammengepreßten Lippen zu einem grußlosen Weggehen. Unverändert ist es da, das silberne und diamantene Unterpfand und Beweismaterial, gegen alle Anfechtungen (der Liebe damals, heute des allgemeinen Jammers) vor die Augen zu zwingen. Ein Männerkopf von hinten: Dachte man nicht sofort daran, was die Friseuse wohl empfinden mußte, wenn sie ihm die Haare

wusch? Würde sie nicht, wenn sie nicht sehr aufpaßte auf ihre Finger, diesen Kopf zu streicheln anfangen? Diesen runden, eigensinnigen, unter Umständen cholerischen Kopf? Ach, wie hatte doch sie, Melanie Grawe, seit sie ein junges Mädchen wurde, instinktiv, sogar über große Entfernungen hinweg, an jedem Mann sogleich körperlich, aber im Geiste, Maß genommen, schnell in der Phantasie das Zusammenpassen ihrer beider Abmessungen und Kräfteverhältnisse, der Härte- und Weichheitsproportionen ausprobiert! Nur hatten die Männer irgendwann begonnen, von Monat zu Monat häufiger, offenbar als Vorwurf an sie, eine Spezialeigenschaft anderer Frauen zu betonen: deren Jugend. Wurden denn alle Frauen, so verschieden sie einmal gewesen sein mochten, irgendwann vom gleichen und selben Schlund des Alters verschlungen? Je stärker die alternden Männer auf die gütige Nachsicht von Frau Melanie angewiesen waren, desto schonungsloser gingen sie vor. Sie mochte sich die bitteren Makel der herbstlichen Männer lieber nicht nennen, sie fand ja doch für alles zur Not, nicht nur für deren von Kopf bis Fuß demolierten Umriß, eine Entschuldigung. Bei ihrem schwerreichen, winterlichen Ehemann am meisten. So nannte sie ihn selbst gern, vor und nach seinem Tod: »schwerreich«, und zwar mit einer Betonung, in vorgerückter Stunde und beschwingten Mutes, die nahelegte, sie habe selbst keine Ahnung, woher das Geld in ihre Taschen fließe, und es sei besser und fröhlicher so, das sei ihr schon klar. War er Drogenschmuggler? Waffenhändler? Melanie sonnte sich im dunklen Glanz, der durch solche Anspielungen auf sie fiel. Was sich Melanie und Gertrud nicht vorstellen können: den Frieden, die an Dummheit grenzende Ruhe eines Menschen, der 38 Jahre lang aus einer Erzählung, einer Geschichte heraus gelebt hat. Die Geschichte war die Bibel, der Mensch Martha. Sie lebte, soweit wie möglich, üppig und fromm. Traute und glaubte in halb träumerischem Zustand den Lehren ihrer Kirche, der römisch-katholischen, und folgte ihren Geboten wie ein Lamm. Wo es ging. Sie schickte den einzigen Sohn, Augapfel, Herzstück, Rechtfertigung ihres Lebens, gewissenhaft wie zur Schule in den Meßdienerunterricht. In der dürftigen Nachkriegszeit unterstützte sie, dem maulenden Schwiegervater die Stirn bietend, ein nahe gelegenes Kloster mit Naturalien aus Garten und Keller. Martha und Maria, zwei Namen, nach denen sie strikt lebte, das Marienprinzip und das Marthaprogramm. Ihr Mann schätzte ihre Genußfreude, die mit der Ehe beginnende leibliche und die ihres Gemüts, die ein Geschenk des Himmels war. Arbeit und Luxus. Anders als Gertrud schimpfte sie über die Roten, half statt dessen großzügig auf Sicht wie eine mittelalterliche Burgfrau und war eine Zechenbaumeistersfrau, irgendwann ohne Schwiegermutter. Lachte, kochte, aß und liebte gern.

Frau Gertrud Ritter sorgte sich um das Wohlbefinden ihrer Familie, um das Bewußtsein auch, daß es, trotz Nachkriegszeit, ein schönes Leben sei, das man führte. Frau Melanie Grawe um das der Männer und das ihres Herzens, Frau Martha Pade darüber hinaus um das aller Hilfsbedürftigen in ihrer Umgebung, und daß die gemütliche Häuslichkeit und der liebliche Duft des sonntäglichen Weihrauchs und der Klang der läutenden Glocke nicht verlorenginge.

Alle drei waren ja nicht – oder nur kurze Zeit bis zur Heirat im Fall des Schneiderlehrlings Martha – berufstätig gewesen und nicht über die Volksschulbildung hinausgekommen, schätzten aber die Musik alle drei. Martha am meisten, noch vom Kirchenchor her. Gertrud fühlte sich als einzige durch ihre Lebensumstände auch in späteren Jahren nicht gedrängt, kulturelles Interesse zu heucheln, was den beiden anderen, die es versuchten, ohnehin mißlang. Bei diesen beiden führte es seit Mitte der Fünfziger zu gutmütig vulgären Innenausstattungen ihrer Wohnräume mit koketten Zwillingslampen, Ölgemälden, deren Preis nach Anzahl der Köpfe berechnet wurde, und zu erotischen Wandteppichen. Schnaps sollte man aus Zinnbecherchen trinken, die an den Lippen kalt haften blieben, in einem »Herrenzimmer«.

Marthas Lebensakte! Ich weiß es ja genau. Die alte flammende Melanie da drüben auf dem Bürgersteig lenkt mich nicht ab. Anfang des Jahres 1951 erkrankte ihr einziger Sohn an Lungenentzündung. Sein Zustand war zeitweise so ernst, daß die Eltern um sein Leben bangten. Dankbarkeit für die Wiederherstellung seiner Gesundheit, sagte Martha später, habe sie bewogen, ihn an einem Sonntagnachmittag in die Kirche zu schicken, damit er dort, begleitet von einem Meßdienerfreund, für den Geistlichen, der ein Orgelstück einstudieren wollte, den Blasebalg träte, über dem bemalten, bald fürchterlichen Kirchengewölbe. Das alles, obschon der damals noch Zwölfjährige doch so dringlich gebeten habe, zu Hause mit der zu Weihnachten wegen der überstandenen Nöte überreichlich ergänzten Modelleisenbahn spielen zu dürfen. Er gehorchte widerstrebend, unglücklicherweise gehorchte er.

Vielleicht vierzig Minuten später klingelte man die schlaftrunkene Martha, die sich von den vielen Nachtwachen erst langsam erholte, aus dem Bett und brachte ihr den sterbenden, blutüberströmten Sohn zurück. Um keine Zeit zu verlieren und da ärztliche Hilfe im Dorf nicht erreichbar war, fuhr

Marthas Mann, er selbst unter lautem Stöhnen, seinen Sohn ins städtische Krankenhaus. Martha hielt den Verletzten hinten in ihren Armen, ihn immerfort ansehend, der zumindest mit seinen Blicken offenbar, und das sei das Schrecklichste gewesen, unbedingt etwas habe sagen wollen, aber immer, wenn er die Lippen öffnete, sei das Blut herausgeschossen. Beim Erreichen des Krankenhauses war er bereits tot. Nur zu einem qualvollen Summen habe es gereicht, kein Sprechen, nur die Blicke, kein einziges Wort mehr aus seinem Mund, nur eine Art Summen.

Die Erklärung, die ihm nicht mehr gelang, hätte sich vermutlich auf ein Verbot bezogen. In einer Spielpause des Geistlichen war der Junge unerlaubterweise auf allen vieren über den durch nichts als ein Seil abgesperrten Dachboden gekrochen. Dessen größte Fläche, vom Krieg stark beschädigt, war nur mit Pappe geflickt worden bisher. Das Kind brach ein und stürzte aus über zehn Metern Höhe in den Kirchenraum.

Martha verwandelte sich über Nacht. Sie spaltete sich in zwei feindliche Hälften. Einerseits mußten alle Erinnerungsstücke an den Sohn aus ihren Augen. Es durfte nicht mal mehr sein Name genannt werden, außer von ihr selbst. Um ihn herum herrschte Totenstille auf ihren Befehl. Andererseits begannen ihre Rachefeldzüge gegen die

Kirche, vielleicht um sich selbst daran zu hindern, ihrem Leben ein Ende zu setzen. Das, was ihr rätselhafterweise – ein weltlich-geistliches Komplott? – auch kein Gericht zugestehen wollte, forderte sie jetzt Tag für Tag: weniger die Verurteilung des Geistlichen als die der Kirchenverwaltung, forderte es, ihren bittersten Kummer in Zorn verdrehend, wie eine ihr Leid lindernde Wiedergutmachung. Eine Genugtuung, die ihr nicht als Eingeständnis von Schuld seitens des Orgelspielers, als Vergebung suchender Bischofsbesuch, nicht einmal als Audienz beim Bischof gewährt wurde. Nur allerlei Appelle, sich in Demut und Nächstenliebe zu üben, erreichten Martha. Mann und Frau verließen die römisch-katholische Kirche. Martha hätte ihren Mann und die Kinder aller anderen Eltern hingegeben, um den eigenen Sohn zurückzuerhalten. Sie beschloß, nicht länger an Gott zu glauben, und verfluchte ihn, besonders in Gesellschaft.

Alle drei, Martha, Melanie, Gertrud, zeigen nicht das konstante Lächeln-für-alle-Fälle älterer Damen, die den Ausdruck von Griesgrämigkeit vermeiden wollen, den ihr Gesicht im Ruhezustand aus eigenem Antrieb vorführt. Auch für Martha hatte jemand, wie Heinrich für Gertrud, eine Schneise aus dem Leben herausgeschlagen. Sie weigerte sich, es als angstmäßigende Pionierarbeit anzusehen, wie es Gertrud manchmal glückte. Martha war zu jung damals, das Unheil zu gewaltsam gewesen. Keine Aufhellung auf ein anderes Dasein hin, sondern eine nie mehr von ihr weichende, vierzig Jahre dauernde Verdüsterung aus dem Grab in ihr Atmen, ihre Tage hinein.

Als der schrillste Schmerz sich zur Ruhe legte, versickerte, begann sie zu seufzen, begann sie wieder damit, daß es nicht leicht sei. »Es ist nicht leicht«? Nein, nicht genau so. Es hörte sich anders an.

Dann wieder frage ich mich, warum die Ehemänner aller drei keine Soldaten sein mußten. Marthas Mann sollte in letzter Minute das Dorf verteidigen und wäre dabei um ein Haar erschossen worden, als fern bei Seelow 55000 Soldaten starben, Russen, Polen, Deutsche. Melanies Mann lebte ab 1943 mit ihr auf einem anderen Kontinent. Heinrich Ritter aber entging, wie seine Frau, durch glückliche Zufälle dem Tod bei der doppelten Bombardierung und Auslöschung des Stadtviertels. Man weiß nicht, wie man das interpretieren soll. »Schwein gehabt«, sagten die jeweiligen Verwandten Melanies, Gertruds, Marthas. Man weiß es wirklich nicht, und man täusche sich in einem nicht. Auch Melanie Grawe hat Erfahrung darin, wie plötzlich mit einem frostigen Prickeln, einem kalten stummen Sog dann, der Tod, es muß auch hier der Tod sein, das Leben zu verdrängen, zu-

nächst nur beinahe schalkhaft anzupusten, dann wegzubrechen beginnt.
Früher war es eine bestimmte, entmachtende Leere im Kopf gewesen, Plattheit auch der Gedanken auslösend, wenn ein Mann sich abwandte, ohne es selbst zu merken vielleicht, um einem neuerdings geltenden Gesetz nachzugeben, und nur noch lächelte, blödsinnig lächelte, sofern er irgendeine andere Frau ansah, nur dann die kleine Verklärung zeigte, wenn sich die Augen derjenigen auf ihn richteten, die von dieser Stunde an Melanie Grawe beraubt und besiegt hatte. Und es passiert noch immer in Andeutungen heutzutage: sobald sie in einem Raum die Allerälteste ist und es auf einen Schlag bemerkt. Sofort entzieht ihr das Leben selbst die Reste seiner Gunst, und sie erträgt es nur deshalb, weil es sie an die Liebesgeschichten früherer Zeiten erinnert, diese eigentümliche, sehr gefühlvolle Verlassenheit, noch einmal dieses nahezu jungfräuliche Gekränktsein.
Was sie nie vergessen hat nach sechzig Jahren, jedenfalls mehr als einem halben Jahrhundert nicht, waren einige Minuten an einer stürmischen Küste in einer feuchten, warmen Nacht. Sie stand an einem dunklen Strandabschnitt vor der hellen Promenade. Der Wind trieb Sand in die klammen Haare, und sie gestattete einem jungen Mann, wie vor Stunden widerwillig versprochen, der glaubte,

nun ein Anrecht darauf zu haben, ihre Brüste zu streicheln. Mit wegflatternden Blusenteilen in dieser dumpfen Nacht zu stehen, das hätte ihr schon gefallen, wenn nur die Hände, die nicht unangenehmen, nun aber unerwünschten, nicht gewesen wären, denn schmerzlicherweise hörte sie, nicht weit entfernt, das unverkennbar frohgemute Reden eines anderen, dem sie auf den leisesten Wink alles zugesagt hätte, der jedoch, während sie die lästigen, rechthaberischen Finger gewähren ließ, bedauerlicherweise so unerreichbar plauderte, der leicht schielte, sie wußte es, und jetzt so absichtslos vergnügt lachte, als wäre Mittag und nicht Mitternacht, daß sie den armen, auf seinem läppischen Verliebtenrecht Beharrenden von Stund an zu hassen begann und noch heute, in windstillen Nächten, das lange versunkene, aufreizend ahnungslose Gelächter des leider gleichgültigen Freundes hört, spürt, wie sie die stehengelassene, eisige Vorderfront dem einen läßt und vom Rücken ausgehend die Nerven, blindlings spionierend, unterwürfig einer Stimme nach, dem anderen.

Und Gertrud in ihren geräuschlosen Zimmern mit den stummen Nachbarwohnungen? Fünf Regentropfen springen mit einem Satz gegen das Fenster, halten dort still, drei Millimeter breit, zwei Zentimeter lang, sie nimmt extra die Brille, um es nachzuprüfen, und werden allmählich länger. Gibt es nicht an jedem Tag als Ziel einen Punkt, eine Stelle, an der alles gemessen werden muß? Bis dahin verstreichen die Dinge oder Minuten zu zögernd, jedes Vergnügen, eine Postkarte, ein Apfel, hat dieses heimliche Drängen in sich, dieses leise Weiter! Weiter!, bis der Augenblick perfekter Leere und Sammlung eintritt. Ein Tag ohne das ist ein vertaner Tag, ein verlorener, obschon das Intervall nur entsteht durch die flüchtigen Zeitstrecken, die es unter Druck erzeugen. Offiziell, also vor ihr selbst, existiert das Glück nur alle drei Tage, wenn sie mit ihrem Sohn telefoniert. Nie hätte jemand etwas anderes von ihr gehört. Selbst Heinrich Ritter, dort oben im Jenseits, muß es glauben.

Wie sich die Luft verändert, der zarte, kühle Hauch morgens und abends auf dem Balkon gegenüber dem alten Baum über dem großen Freiluftschachspiel. Manchmal genügt ein Husten, ein Aufsetzen der Tasche auf den Boden und das leichte Voranschieben mit dem Fuß für ihre Ergriffenheit vor den dümmsten Einzelheiten, als wären zwischen den Gesten der Menschen beträchtliche Abstände, und sie treten ihr so deutlich entgegen, als gälte es, sich auf einen Abschied von der Welt vorzubereiten, mit so bemerkbarem Herzschlag und so achtsam nimmt sie Nachricht für Nachricht der mit jeder Botschaft gezackt aufflackernden Welt entgegen.

Der Nebel der höheren Laubregionen! Es wird ihr heute nicht schwindlig beim Aufstieg, obschon man heftiger Luft holen muß. Die Landschaft oben verlangt ein Auftreten, das auf ihres, Gertruds, im frisch gewaschenen Morgenmantel, zugeschnitten ist. Nähert sie sich jetzt extremen Positionen?
Nein, das hätte sie ja keinesfalls für sich in Anspruch genommen. Sie hätte es nur Herzzittern, -flimmern, -stechen genannt (mußte man sich statt Mann und Sohn dem eigenen Inneren zuwenden, schrecklicherweise nach innen wenden?) mit ihrem bangen Lächeln und später, als sie wieder ruhiger am Tisch sitzt, über einem ordentlichen Schreibpapier. Sie fühlt also den Tod kommen und schreibt mit Buchstaben, die an die starken, großen Schneidezähne kleiner Schulmädchen erinnern, einen Abschiedsbrief an ihren Sohn. Er werde ihr nicht leicht, dieser Brief, aber sie wolle sich nicht einfach davonstehlen, nach all den Fällen in letzter Zeit könne es sie sehr schnell treffen. Er habe es immer gern gemocht, auch bei Reisen, ein paar Zeilen von ihr vorzufinden. So hoffe sie, daß er sich ein bißchen freue. In seine Reiseorte habe sie lieber geschrieben. Er habe ihr Leben bereichert und ihr viel zu denken gegeben. Wem das schon vergönnt sei. Sie danke ihm. Sie sei glücklich.

Ein halbes Jahr später, als der Winter vorüber, aber Gertrud nicht gestorben ist, fügt sie noch einige Zeilen an. Der Brief liege schon fast sechs Monate und müsse doch beendet werden. Eigentlich sei alles gesagt. Er solle so weitermachen. Dann sei sie wirklich glücklich. Sie umarme ihn. Nach einer Weile oder vielleicht auch erst fünf Jahre später schreibt sie, in fallender Linie, noch einmal »danke« unter ihre Unterschrift. Und ein zweites und drittes Mal »danke«. Vielleicht liegt jedesmal ein Jahr dazwischen, wenigstens eine Jahreszeit, die Gertrud, gespannt wartend, lebt. Auf die Rückseite notiert sie irgendwann die Telefonnummern der drei Menschen, die der Sohn benachrichtigen soll. Dann legt sie den Brief zurück unter die schwere Tischdecke und spricht zu keinem davon, vergißt ihn vielleicht bis zu ihrem Tod.

Untröstliche Frau Pade, unglückliche Martha Pade! Nach dem Tod des einzigen Sohnes dann die Phase unentwegter Arztbesuche, nicht nur der privaten und juristischen Attacken auf die Kirche, die Jahre mit täglichen Massagen und Kuren wochenlang, abenteuerliche Quacksalbereien wegen Schlaflosigkeit, Schmerzen, Lähmungen, die Einsicht in ihre irreversible Unfruchtbarkeit. Ausgestattet mit dem Geld eines gut verdienenden Ehemannes, wurde je nach Laune gegeizt oder mit Lust und Bitterkeit verschwendet. Alle Versuche

mit Adoptiv- oder Pflegekindern scheiterten. Sie schenkten Martha keine Zärtlichkeit, keine ihr Herz noch einmal erweichende Süße. Kleine Jungen standen nicht zur Verfügung, nur verkrampfte oder schon durchtriebene halbwüchsige Mädchen, die kein Licht in Marthas Tage brachten. »Wenn du doch an seiner Statt gestorben wärest!« sagte sie noch immer nach zwei Gläsern Wein zu ihrem Mann, bis er plötzlich, mit fünfzig Jahren, starb.
Da fiel ihr zum ersten Mal auf, daß er nie von seinem Kummer über den Verlust des Sohnes gesprochen hatte, statt dessen ihr Tag und Nacht aber beigestanden. Fünfunddreißig Jahre blieben Martha, um darüber nachzudenken, während sie im großen Garten Gladiolen zog und lernte, Grundstücksstreitereien selbständig zu regeln, den alten Vater zu sich nahm und pflegte, bis er in ihren Armen starb, drei Hunde verschiedener Rassen nacheinander dreimal am Tag durch Park und um Häuserecken führte, treue Begleiter, die sie mit jedem Jahr undisziplinierter fütterte.
Martha mit ihrer Sehnsucht nach Freude, Festen, Genuß, Lebensüppigkeit und Kartenspiel, auch der Stimme Mario Lanzas. Wie groß war ihre Gastfreundschaft, ihre Zähigkeit und Dummheit in Erbschaftsfragen, ihre Blasiertheit im Glauben an die Macht des Geldes, ihre Neigung zu Geschmacklosigkeit in allen Bereichen! Ach Martha,

wie wiegte sie sich in der Illusion, die von allen Beneidete zu sein im herrlichen Haus! War nicht alles wie im Traum? Wartete nicht, hoffte sie berauscht, heimlich jeder, der Aussichten hatte, sie zu beerben, auf ihren Tod? Nach zwei Gläsern Wein begann sie, von Gott zu sprechen, böse und ängstlich, selten von den Juden in der Nazizeit und davor, oft vom Geld und von Gott, sehr sehr selten von ihrem Sohn, an den sie immerzu dachte. Noch in ihren letzten Lebensjahren, bei wachsendem Mißtrauen und häufiger Sektlaune, warb sie doch um die Freundschaft vieler, die sie dann unberechenbar aufkündigte. Sie errichtete einen Wall von Freunden um sich, damit das Grauen, Gott und der Tod nicht durchsehen konnten auf sie, Martha. Als sie starb, war niemand zugegen. Man fand sie einige Stunden danach, in ungeheizter Diele, auf dem Boden liegend, gekrümmt wie ein Ungeborenes. In der Hand hielt sie einen Totenzettel, den alten Totenzettel ihrer Mutter mit Michelangelos unirdischer Pietà.

»Warte nur ab, eines Tages bist du auch so«, hat Melanie Grawe von klein auf gehört als Drohung und stets versucht, Reißaus zu nehmen vor den schadenfrohen Geschlechtsgenossinnen. Und doch mußte sie eines Tages feststellen, daß in ihrem betastbaren, fleischlichen Gesicht manche Teile nicht mehr eng genug der Schädelkonstruktion zugeordnet waren. Sie verleugneten ihre Person, schienen auch nicht mehr ausschließlich deren Kontrolle unterworfen. Was hatte ein solches Gesicht noch mit ihr zu tun? Eigenmächtig bewegten sich zwischen Kinn und Ohren in Zentimetern Parzellen von ihr weg. Vielleicht, dachte sie anfangs, sollte sie durch ein paar kosmetische Schnitte Haut und Muskeln etwas Treue beibringen? Im Gehen hörte sie ein Klappern, das aus ihrem Körper nach außen drang, bis sie begriff: Es rührte von einer Alten her, die ihr entgegenkam, beziehungsweise vom Karren, den sie hinter sich herzog, mit Eingekauftem darin.

Die Liebe, die Männer? Manchem zeigte sie zuviel Seele, manchem zuviel Technik. Die Gesichter der Liebhaber, in heftiger Umklammerung, hatten verschieden ausgesehen, wenn sie die Augen aufschlug: röchelnd, grimassierend, wie um sich zusätzlich die Zeit zu vertreiben, schmunzelnd-kühl betrachtend. Sie konnte sich immer auf alles einstellen, wenn sie nicht das allergrößte Glück verlangte. Ein einziges Mal hat sie, leicht beschwipst, einer eigentlich Fremden erzählt, wie sie im Bett lag, den Abdruck des Mannes, der sich gerade anzuziehen begann, noch in sich spürend, und den sie liebte wie niemanden sonst jemals, und hörte, daß er ruhig sagte und in der Hand eine Socke hielt: »Ich brenne nicht mehr.« An den Abdruck

habe sie sich wie an diese vier Wörter ihr Leben lang erinnert. Und doch, und doch, sagt sie mit zerstreutem Lächeln, wisse sie nicht, sie sei sich gar nicht sicher, ob es stimme mit der großen Liebe, denn bei der großen Liebe habe sie doch, bei den angeblichen Höhepunkten, ein schwaches Motorengeräusch, ein lustiges kleines Motorengeräusch gehört. Das habe der Mann von sich gegeben, sie aber sich vorstellen müssen, sie säße in einer Kutsche und sei das Opfer, das begeisterte Opfer zweier Edelmänner gewesen, eines jungen hübschen und eines alten häßlichen, oder in einem Taxi mit einem Riesen und einem Zwerg. Oder, Melanie muß betrunken sein, in einer Hängematte mit einem, einem – zwei Salamandern?
Im Schwimmbecken hinter dem Haus badete sie schon lange nicht mehr. Sie bezahlte die Handwerker, selbst die lachten immer seltener, wenn sie dabei war. Die neu eingezogenen Familien in der Nachbarschaft, wenn der Tod die Häuser der alten leergeräumt hatte, interessierten sie nicht.
Ein kleiner, mit ihr befreundeter Hund starb auch. Schließlich verkaufte sie alles und zog fort. Vor den automatischen Türen der Geschäfte erfaßt sie nun die kurze Sorge, ob sie sich vor ihr wie vor allen anderen so zuverlässig öffnen werden. Respektierte man sie dafür noch ausreichend? Das als Vorstufe zu der bestimmten Sekunde auf Straßen,

in Zimmern, wo jemand sie von hinten beim Namen ruft. Immer bleibt sie dann stehen, wie vom Blitz getroffen, nie dreht sie sich schwungvoll oder wenigstens arglos um. Sie erstarrt in allen Fällen, stets gerüstet für den einzigartigen, endlich über sie hereinbrechenden Schicksalsruf: Sie weiß nicht, von wem.

»Trotz aller Sorgen ging es uns gut. Ein schönes Leben«: Gertrud hat nun alle Stufen hinter sich, auch den letzten Abschnitt einer alten Ehe, und ist noch unverzagt in der verherrlichenden Trauer um den vorher ein wenig unterschätzten Mann. Von Anfang an hat sie den kleinen Kreis bevorzugt, Mann und Kind, Kind und Mann. Etwas hat sie nur, wenn sie stolz hinter dem Kinderwagen ging, erschrocken gemacht, der Satz, den so viele zu ihr sagten: »Das ist die schönste Zeit.« Was stimmte sie ängstlicher, die Frage: Ist das schon alles? oder: Was kommt denn dann? Natürlich die zweite, etwas Hämisches und zugleich leise Schmatzendes war darin, sentimental Schnalzendes. Aber obschon auch Gertrud Ritter diese Bemerkung dann den jungen Müttern gegenüber selbst gemacht hat, gedankenlos, besserwisserisch, hat ihr die nachfolgende Zeit gefallen. »O doch!« sagt Gertrud. Auch die Jahre, wo sie anfing, wie ihre wenigen Freundinnen die Altersflecken auf den Händen zu zählen? Auch die, und die, wo noch einmal die jugendherbergsartige Konspiration der älteren Frauen entstand auf gemeinsamen kleinen Reisen der Ehepaare, deren Kinder das Haus verlassen hatten und die jetzt mit den paar Mark Überschuß im Portemonnaie strunzten und sie auf den Kopf hauten, daß es krachte.

Aber sie spürte auch die nahende Überempfindlichkeit schon, die früher bei Älteren so unverständliche, den Wunsch, sich gekränkt zurückzuziehen von den Lauten, Kräftigen, gut Schlafenden und Verdauenden und sicher auch problemlos Beischlafenden. Es gefiel ihr, permanent ein winziges Beleidigtsein in sich zu tragen. Es machte auf alkoholfreie Art leicht angesäuselt.

Ganz von fern auch beschleicht sie manchmal, auf dem Balkon, in den Morgenstunden beim Blick in den Baum mit seinen aneinander schürfenden Blättern, das Erstaunen über eine große Merkwürdigkeit. Daß nämlich eine Frau, die nie schön oder verführerisch war, beim Älterwerden um den Verlust dieser Dinge trauert, ja schmerzlich weinen kann, obschon sie Schönheit und unwiderstehliche Anziehungskraft nie besessen hat. Ist das, da es keinerlei Sinn ergibt, nicht eine doppelte, fragt sich Gertrud, Strafe?

Aber um Gottes willen, was für Anwandlungen, ausgerechnet jetzt, wo die Sinne ohnehin schwinden, unzuverlässig werden, genau gesagt, nämlich scharf und schwach abwechselnd, und die Welt, der Horizont elastisch. Es läßt sich alles nicht abschätzen, wie es im nächsten Moment sein wird. Was steht ihr noch bevor? Gertrud schält sich rasch ihren Apfel und legt die zwei Kekse, ihre eiserne Nachmittagsration bis zum Schlaganfall, der in den Tod übergehen wird, dazu. Dann hat sie es in einer Stunde gleich parat. Sie besinnt sich auf ihre handfeste Sorge, den noch unverehelichten Sohn. Oder ist es eher der Gedanke, man könne hier in diesem Haus mit den vielen Wohnungen, Augen, Zungen schlecht über die Familie denken, weil dieser eine, der springende, weibliche Punkt darin fehlt? Sie betrachtet ihre zierlich geschnittenen Hände, die aussehen, als hätte sie in ihrem Leben nur feine Stickereien erledigt. Ob dieses Zartgliedrige und noch immer Glatte mit den Handschuhen zusammenhängt, aus Spitze, Samt, weichem Leder, ihrem einzigen Luxus, für den das Geld jederzeit reichte, Gott sei Dank? Ein paar Wochen danach werden diese unerwartet kapriziösen Gertrudenfinger in der auch für Ärzte mysteriösen, undurchleuchteten Bewußtseinslage nach dem Schlaganfall, wenige Tage vor ihrem Tod, immer wieder nach den unvergänglich braunen Locken des Sohnes greifen, dem der Schweiß vom Gesicht rinnt und tropft. Nur gut, daß er seine absonderlichen Freundinnen nicht in dieses

Haus bringt, aber es muß etwas geschehen und duldet keinen Aufschub mehr.
Gertrud fädelt es ein. Dazu gehört ein Gespräch mit der klatschsüchtigsten Bewohnerin des Hauses, die, eine Fügung des Schicksals, im Seitenflügel ein Zimmer mit Balkon hat und so, da dieser Trakt rechtwinklig zu Gertruds verläuft, ohne Umstände, auch ohne hinter der Petunienbrüstung sichtbar zu werden, von morgens bis abends alle Balkons des Hauptgebäudes überwachen kann, zumindest alles, was sich über die Front der Blumenkästen erhebt. Vorher eine wichtige Absprache außerhalb. Als sie beides unter Dach und Fach hat, berichtet sie es Heinrich nach oben und gönnt sich eine Grapefruit mit ein wenig Zucker drauf, ausnahmsweise, weil es ihr doch verboten ist! Gertrud lacht gereizt: Es muß und muß klappen.
Niemand außer Gertrud und Heinrich Ritter über den Wolken ahnt etwas von dem Coup, als am Sonntagnachmittag, genau um Viertel nach vier, Gertrud durch die einladend offenstehende Balkontür tritt, auf die flammenden Geranien zu, und mit überaus filigraner Hand ihrem Sohn eine angebliche Merkwürdigkeit im Baum zeigt, eine Gestalt aus Ästen und Zweigen, und eine große, auf die Entfernung gut erkennbare Hellblonde herzudirigiert, nämlich eine schlanke und rosige

Verwandte, die für eine Stunde, wegen einer alten Damenarmbanduhr, damit hat Gertrud sie hergezaubert, ihr Gast ist, so daß sich die beiden »jungen Leute« weit vorbeugen müssen, dicht aneinandergedrängt, anders geht's nicht, und Gertrud sagt sogar eine lang ergrübelte kleine Unanständigkeit über die Faunsgestalt im Baum, damit ordentlich gelacht wird, schallend, nach Möglichkeit, und schäkernd gekichert dazu.
Gertrud weiß gar nicht, ob sie sich freuen soll über den gelungenen Streich – sie winkt diskret und frech hinter dem Rücken der beiden jemandem zu, der in Blütengebüschen verborgenen Nachbarin, die den Sohn und seine »Braut«, die aber leider nicht nach seinem Geschmack ist, die adrette, mit dem Fernglas in Augenschein nimmt – oder weinen über das falsche Paar, das doch so wunderbar ein wirkliches sein könnte, so leicht und wunderbar. Ach was, schon gut so! Zum Schluß erreicht sie, daß sie alle drei Arm in Arm, wie für ein Verlobungsfoto und so festgebannt und beweiskräftig, in die höchsten Baumspitzen sehen, in eine gröngoldene Zukunft unter Heinrichs Blick, eng umfaßt alle drei, für das Glück werbend, Gertruds Glück, und unvergeßlich für die Nachbarin, deren weißen Kopf sie sehr wohl seitlich erspäht.
Noch aber geht Melanie Grawe im signal-, im alarmroten Kostüm Schritt für Schritt mit dick

gewordenen Fußgelenken auf der gegenüberliegenden Straßenseite. Doch jetzt, in diesem Moment – und es trifft mich wie ein aus dem Hinterhalt abgefeuerter Hexenschuß und fährt mir nicht in den Rücken, sondern ins Gehirn –, richtet sie sich auf und bleibt stehen, bleibt also stehen vor ihrem Haus, in dem seit einem Jahr eine prunkend junge, sich vermehrende Familie wohnt, sieht hinüber auf die Veränderungen, auf das Gepränge, rührt sich nicht von der Stelle, spürt, regungslos, den viel wichtigeren Wechsel. Dort drüben, jenseits, getrennt von ihr durch die Fahrbahn, das Glück, das von ihr abgeschnittene Liebesnest und Leben, ihr Haus darüber schützend gestülpt, nie wieder für sie, Melanie, endgültig für die Fremden. Sie steht steif und außer der Zeit, ein Feuermelder, im Angesicht ihres einstigen Besitzes mit dem Schwimmbecken eines sehr übermütigen, dreimal gesegneten Sommers, und hat nicht einmal mehr das Recht, ihn zu betreten. Die Fenster, aus denen sie ein halbes Leben lang gesehen hat, werfen alles zurück und verriegeln, wie es sich gehört, das herrliche und wuchernde Dasein mit allen lustigen Tagen und wohltuenden Nächten. Melanie steht stramm, geknickt, erschlagen, nimmt Haltung an aus Entsetzen: vor dem Leben, Liebesnest, Glück auf dem von ihr verscherbelten Flecken, auf eigenem, aufgegebenem Boden und Grund.

Da, durch Melanies plötzliche Erstarrung, wie unter dem Einfluß der Salzsäule Melanie, gerät etwas anderes in emsige Bewegung. Martha öffnet den Mund und sagt nun klar artikuliert ihren Satz, der entgegen allen Vermutungen nicht heißt: »Warum ausgerechnet ich?«, vielmehr, ausschwärmend in mancherlei Färbung und Nuance, immer derselbe Wortlaut, während sie, eingezwängt in ein straffendes lila Wildlederkostüm, versucht, aufrecht am Tisch zu sitzen, solange ihr kleiner Geburtstagsempfang dauert, und ihn also ihrer besten Freundin zuflüstert wie einige Jahre früher ihrem nach der Operation so umständlichen Vater, das Leid und dessen Belästigungen mit ihm teilend an einem einsamen Weihnachtsabend, leicht angetrunken ins Telefon gealbert, schon mit einer Beimischung von Tränen, mit den schwach gewordenen Händen den letzten ihrer Hunde aus einem Kampf wegzerrend, mit noch hilfloseren Fingern eine Kartoffel schälend, unter Zuhilfenahme eines Hammers eine Milchdose öffnend, im eisigen Wind am Gründonnerstag auf dem Weg vom Frisör nach Hause, von Knochenschmerzen so geplagt, daß sie taumelt, an einem schönen Sommernachmittag mit einer Bekannten in einem Gartenrestaurant, wo lauter Familien sitzen und Großmütter mit kleinen Enkeln. Martha sagt gleich dreimal den Satz, bitter, zornig, demütig

schließlich, und die alte Bekannte nickt und verbirgt ihre Erleichterung, nicht Martha sein zu müssen (sie selbst allein lebend, aber mit Tochter, wenn auch 500 Kilometer entfernt, und zwei Enkelkindern), Martha keuchend und schnell wieder taktvoll über sich lächelnd, damit man sie bloß nicht ihres Kummers wegen meidet, in ihrem extrem jugendlichen, nahezu geschmacklosen Kostüm, zu dem ihr Körper aufsässig sagt, er triumphiere noch über das Lila, anders als gewisse andere, die sich nur noch an Pastellfarben messen, nach Einnahme einer Entwässerungstablette, damit sie die Feier übersteht.
Tabletten, die allerdings ihre Knochen allmählich in Fischgräten verwandeln, das ist das Risiko, Martha, Haltung bewahrend, obschon ihr das Gesicht – unter uns – kurzfristig entgleist, Martha, auf ein altes Familienfoto stoßend und es in der Hand, die zu zittern beginnt, doch näher an die Augen führend, obschon sie im ersten Augenblick wegsehen möchte, nämlich Martha mit Mann und zehnjährigem Sohn. Ein gewisperter, etwas atemlos schüchtern sondierender, nun vollkommen deutlich gewordener Satz: »Alles nicht so einfach!« sagt Martha, sich selbst und die Welt beschwichtigend, »Alles nicht so einfach!«
Gertrud, Melanie, Martha, die Domglocken in unterschiedlicher Ausführung, keine hat je die

andere zu Gesicht gekriegt, aber ich höre nun ihren Klang, wie sie läuten, wie sie ihre Wahrzeichen vorweisen, den Balkon die eine, den Blick über die Straße auf ihr Haus die andere, ihren Satz die dritte.
Melanie geht weiter, gebückt, mühevoll, ohne ein einziges Mal mehr den Kopf zu wenden. Melanie, die romantische Seele, und nicht nur sie, fragt sich noch einmal: die große Liebe? Nichts anderes als eine fremde Tauglichkeit, die verrücktesten Erwartungen auf sich zu ziehen, das, meint Melanie, das war's. Eine gewisse Tauglichkeit sogar damals noch im Sommer, als das Wasser spritzte, spritzte vor Lust, ja regelrecht krachte über den Beckenrand.
Alle drei dröhnen sie jetzt gemeinsam in meinen Ohren, zart, ehern, sich aufschwingend.

Zazzera

Von Livorno kommend, bog man bei San Vincenzo nach Piombino ab, dessen Industrieanlagen direkt an den Hafen für den Fährbetrieb grenzten. In einer Stunde war man mit dem Schiff im elbanischen Portoferraio, verließ sofort die Stadt Richtung Süden und wandte sich dann, bei Bivio Boni, statt die Insel gegen Südosten zu durchschneiden, auf Porto Azzurro zu, nach Südwesten, und hatte schon bald rechter Hand den Golf von Procchio liegen. Im Ort selbst teilte sich die Straße noch einmal. Wählte man die südliche Route, erreichte man bequem auf flachem, geradem Weg, exakt dem nördlichen Procchio gegenüber plaziert, den Bade- und Vergnügungsort Marina di Campo auf der anderen Seite der schmalen Inseltaille. Wer jedoch auf der stark kurvigen Straße am Meer entlang weiterfuhr, spürte eventuell hier zum ersten Mal, und sei es in Gestalt eines flüchtigen Luftzugs, einer kurzen, vorübergehenden Stille, den westlichen Dickschädel Elbas und ein starkes Herzklopfen dazu. Das verlor sich aber wieder. Erst wenn es dann in Marciana Marina im rechten Winkel sehr entschlossen auf die, aus der Ferne gesehen, ziemlich geziert vor das Monte-Capanne-Massiv gesetzten Gebirgsorte Poggio

und Marciana Alta zuging, stellte sich der ersehnte Ruck ein.
Irgendwann auf dieser Straße, die anfangs pathetisch den finsteren Höhen zulief, ohne Umschweife, spätestens, wenn sie sich aufwärts zu schlängeln begann, atmete man erstmalig in Schüben einen unverkennbaren, manchem zu Herzen gehenden Duft, im Frühsommer dominiert vom Eßkastaniengeruch, der, worauf eine Geschichte de Sades hinweist, dem des männlichen Samens zum Verwechseln ähnlich ist. Man zweigte ab nach Marciana Alta, immer noch, im Vergleich zu Poggio, streng, grimmig, wenn auch auffällig prosperierend und keinerlei Hehl daraus machend, arbeitete sich hoch zu einer Biegung wie in den Himmel hinein und schwenkte gleich wieder aufs Meer zu, den tiefen, die Strecke erheblich verlängernden Einschnitten grüner Täler folgend, wobei der linksseitige, innere Teil unberührt schien, da man den früher üblichen Weinanbau aufgegeben und die Natur erneut sich selbst überlassen hatte. Erst vor gut drei Jahrzehnten war die Straße in den Granit gesprengt worden. Dem, der die Straße zum ersten Mal fuhr, erschien die Kurvenkette zwischen Berg und Meer endlos. Man beachtete nicht die Abzweigung zum unten an der Küste gelegenen San Andrea, kümmerte sich nicht um Zanca, Patresi und Colle d'Orano mit den Olean-

derbäumen, alle hoch über dem Wasser. Doch dann, beim sehr unansehnlich durch eine Handvoll alter Häuser und einige halbfertige Neubauten (über Jahre hinweg) angezeigten Ort Zeffiro, bevor die westlichste, wüsteste, windigste Ausbuchtung der Insel beginnt, schwenkte man schließlich nach rechts ab.

Man schwenkte ab auf zunächst asphaltierter, dann nur noch geschotterter und an den Rändern unzuverlässig gesicherter Straße, in elegischem Pendeln und steilem Zickzack hinunter zum Meer, in der Hoffnung, nichts möge sich geändert haben. Schwenkte endgültig ab zum winzigen Hafen Zazzera. Er wurde von zwei, drei Fischerkähnen und in der Hauptsaison von einigen kleinen Booten mit Außenbordmotor benutzt, sonst wegen des sanften, wenn auch glitschig grünen Einstiegs von Nichtschwimmern und Kindern. Was anfangs auf dem Weg nach unten noch wie eine bescheidene Häuseransiedlung wirkte, verlor sich schnell in einzelnen und etwas planlos dastehenden Bungalows, die häufig aus primitiven, solide gemauerten Gebäuden hervorgegangen waren, die man einmal im Zusammenhang mit dem Rebenanbau und der Weinproduktion errichtet hatte.

Zazzera bedeutet Haarschopf. Haarschopf, wie wir ihn dann bei einem Geschwisterpaar beunruhigt ansahen. Aus dem Gebirge floß ein im

Sommer ausgetrockneter, doch noch im späten Frühjahr lebhafter Bach an dieser Stelle ins Meer. Dabei teilte er sich kurz vor der Einmündung an einem wie auf einer Insel stehenden, mit einem rostigen Draht nachlässig umzäunten Wäldchen aus Mastixbüschen, Steineichen, Olivenbäumen und einem Eukalyptusbaum sowie ungezügelt rankenden Brombeeren. Struppig ragten auch einige größere Bäume daraus hervor, auf denen manchmal in der Dämmerung eine Schleiereule mißmutig einen Menschen in Augenschein nahm, bevor sie sich leichthin und spöttisch auf ihren Schwingen in die unzugängliche Wildnis der südlich die Bucht abschließenden Bergflanke entfernte, während eine Ratte eine Kirsche mit den Vorderpfoten hielt, die sie im Pfefferminzgebüsch gefunden hatte.

Autos konnten unten auf dem engen Hafenplatz nur mit größter Mühe wenden. Der Weg zum steinigen, sandlosen, daher völlig unmondänen Strand war vor allem in der Sommerhitze eine Strapaze. Das änderte auch ein dynamischer Bürgermeister vorerst nicht. Für Hotels schien der Ort zunächst zu abgelegen, dann durfte zwischen Küste und Straße ohnehin nichts Neues mehr gebaut werden. Wen es hierhin verschlug, der kam, wenn es ihm nicht auf Anhieb zusagte, nie mehr zurück.

Etwas Eigentümliches aber war die geradezu weltabschließende Lage der Bucht durch eine unverständliche Drehung oder Schiefe dem allgemeinen Küstenverlauf gegenüber. Man sah nichts von anderen Stränden, nur die weit vorgezogenen Felszungen und das Meer. Die Panoramastraße oben verschwand im generellen Grün, Grau, Braun des aufragenden Hintergrunds. Die Sonne, vor allem beim Untergehen über dem Wasser, schien beim geringsten Standortwechsel des Betrachters den ihren total zu verrücken. Am Horizont, je nach Wetter, wurde Korsika als geahnte Kontur oder als Körper mit scharf gezeichneter Binnenstruktur erkennbar und versank nach einer Stunde, einem Tag wie nie gewesen.
Außerdem war der Anblick Zazzeras vom Meer aus offenbar nur für die wenigsten verlockend. Ab und zu verlangsamte eine vor der Bucht erscheinende Yacht gönnerhaft ihre Geschwindigkeit, man näherte sich einem Schwimmer, fragte nach der Ansiedlung, ging äußerstenfalls kurz an Land, um eine Kleinigkeit zu trinken, hatte bereits die Nase voll und drehte ab.
Wir sahen es lächelnd an und sahen es gern.
Das Geheimnis der Landschaft bestand, so platt es klingt, in ihrer verblüffenden Simplizität. Es existierten eigentlich nur zwei beherrschende Flächen, die in dieser Gegend überall zur Verfügung

gehaltenen Bestandteile Himmel und Meer, hier aber nun wie eingeschnürt, erlesen gemacht durch die Pressung, durch die steinerne Fassung der Seiten. Unbegrenzt ging es natürlich in die Höhe und die Ferne, aber es war eine gestauchte Unendlichkeit, rechts und links regierten die sich vorschiebenden Felsenkämme wie Anführungsstriche. Man hatte das bald in Fleisch und Blut. Ich sah manchmal nicht hin, um es mir besser vorstellen zu können, um mich zu überraschen beim plötzlichen Aufblicken.

Es war behauptet worden, das Meer sei an Regennachmittagen im Juni für maximal dreißig Minuten veilchenfarbig. Vielleicht kam es durch die schiefe Lage der Bucht, blau, wie nur die Märzveilchen es sind, und man mußte womöglich von leicht erhöhter Stelle das Ereignis studieren. Ich selbst war genausogern mittendrin, im Wasser, im flüssigen Leben. Das Schweben zwischen Felsparavents, das Vergessen der Umstände unter dem Einfluß der hier besonders verheißungsvollen leichten Brisen! Wie das Glück in Gestalt eines Wehens, symbolischen Wehens, zog etwas über die Wellen, vom Horizont her mit Gischt über das Gläserne, in frischen Schaumkronen bei etwas kräftigerem Wind, ein Liebeszauber, die gesamte Breite der Aussicht füllend.

Gegen Abend allerdings verwandelten sich die

beiden Flächen in einen Raum, der alles umstellte. Man sah hier die Venus über dem Mond, daneben wegrollend noch die Sonne, das Wasser bräunlich, ein samtiger Stoff unter dem Himmelskörper. Unter dem Mond aber ein silbriger Flimmerstreifen auf den Strand zu, wie in gewaltigem Temperaturunterschied die Wassergefilde unter Mond und Sonne, bei dieser ein betäubtes, golden beschwertes Wogen, bei jenem ein prasselndes Herabregnen kühler Materie. Als regte sich, in einem anderen Fall, bei leicht geänderter Konstellation, ein schläfrig erwachendes Wesen, noch taumelig, unter straff gespannter, undurchsichtiger Haut, oder als wehte ein Fahnenstoff waagerecht gegen den Strand, während doch morgens die Sonne aus der entgegengesetzten Richtung ihr Licht auf die Steine unter Wasser warf, auf ihren leuchtenden Privatgrund.

Die nachts scheinbar unmaßgebliche Position Zazzeras wirkte auch in der Finsternis nach, lange bevor der Vollmond über den Bergen auftrat. Man hörte vom Meer her über Stunden sehr junge Stimmen unter dem hallenden Himmelsgewölbe, beinahe ängstlich, weil man dort unten spürte, daß, egal, was sie noch anstellen würden bis zum Morgengrauen, alles bereits in Erfüllung gegangen war und sich das Glück, entgegen dem sexuellen Hörensagen, nicht weiter steigern ließe. Deshalb wurde, aus instinktivem Entsetzen, so kreischend gelacht.

Und selbst, in der Tarnfarbe des Abendzwielichts, das graue Kriegsschiff der italienischen Marine war nichts als ein flüsterndes, zutrauliches Bild: Der Hubschrauber mit flackernden Signallichtern, als hörte man ein rührendes, nur versehentlich militärisches Liedchen dazu, übte den Anflug, immer wieder, mit immer neuen Anfängerpiloten, auf das stehende und das fahrende Schiff, ein fröhliches und schwermütiges Liedchen hörte man leise dazu im Kopf. Das Hubschrauberlicht, das weit übers Wasser hin angezeigte, ausgeplauderte Herzklopfen des Debütanten in seiner Beklemmung, der, beschämt nach lauter Fehlversuchen, den Mut nicht aufgeben durfte. Was er nicht wußte, was wir vom Land aus, von diesem Strand aus, erkannten: wie sehr er verführt wurde von einer träumerischen Welt und ihr erlag.

Zugegeben, kaum geriet das alles außer Sichtweite, glaubte man selbst nicht mehr daran. Flausen! dachte man im November oder Februar, und selbst wenn man dort wieder eingetroffen war, mußten sich Augen und Gehirn wieder neu daran gewöhnen. Man hatte schwere Träume, erst langsam trat eine Angleichung an den Tageszustand, an die viel bessere Verfassung des Wachseins ein oder in Kraft, bis es beim Einschlafen schließlich in

Schüben und Wellenbewegungen flüchtig, beinahe nichtssagend vor Helligkeit durch das Gehirn lief. Bewußtseinsströme, die bis zum Horizont reichten, dort aber endgültig, und auch an den seitlichen Begrenzungen, aufhörten.

Immer, für jeden treuen Ankömmling, handelte es sich um nichts anderes als das gute alte Zazzera, und doch meinte man, es hätte eine Generalüberholung hinter sich, eine nicht nachweisbare Renovierung. Das rührte daher, daß jedes Fleckchen sich plötzlich zu entwickeln begann, geradezu in den Himmel schoß, was wiederum vermutlich vom heimlichen Pressen der arbeitenden Felszange kam.

Die Landschaft wartete ab. Sie dehnte sich ja nach oben und übers Wasser so riesig, die Menschen auf dem Betonviereck wurden dadurch zappelnde kleine Unholde, sehr harmlos. Mond? Himmel? Meer? Als Ausblicke ins Befremdliche nahmen sie das in ihrem frohgemuten Tumult nicht wahr. Wer sie aus einigem Abstand hörte, hatte im ersten Schreck das Gefühl, etwas Dringliches zu versäumen, und zwar das Leben, Zeit und Ewigkeit, das alles zu verscherzen, wenn er nicht auf der Stelle, schnurstracks zu ihnen hinrannte. Nimm mir nicht die Welt weg, Tod! sagte noch der Älteste und machte sich auf und ließ dahinfahren alle Gedanken ans Dahinwelken.

Was hier die gelegentlich nötige Unruhe und Spannung bewirkte, war das Einsickern und Entschwinden neuer und alter Gesichter über die Jahre hinweg. Nahmen kurzzeitig Eindringlinge überhand, mußte man sich flugs an den unerschütterlich Einheimischen beruhigen, die runzlig und krumm wurden, einknickten und verdorrten, aus dem Schwarm des nackten Puttenvolks zu Schönheiten und Athleten heranwuchsen, aber immer dieselben waren. Und sogar der Genueser, einst mit einer Königin, die ihn von hinten umschlang, auf seinem Motorrad zum Pontone brausend, beide mit waagerechtem Haarschweif, später bleich, hager, gramvoll, der es übernommen hatte, die Gegenwart der Schicksalsmächte selbst an diesem Ort höflich anzudeuten, erschien treulich zur Abrundung, und hier zumindest wohliger rekonvaleszierend als anderswo.
Selbst bei ihm war es, wie eh und je, ein triumphierendes Melden: Ich bin da, bin eingetroffen! Als gutes Omen für euch! Seht euch das an! Mich! – Insgesamt zeigte man sich hier naturgemäß und umständehalber nur in bester Verfassung beim wechselseitigen, aber doch auch in sich gekehrten Paradieren. Mit möglichst viel, mit möglichst müheloser Grazie ließ jeder die Schwere der Jahre und die Mißgeschicke des letzten zurück. Wen man hier zum zweiten Mal sah, dem winkte man

diesmal zu, wen man im letzten Jahr grüßte, mit dem tauschte man jetzt Neuigkeiten, wen man lange kannte, den sah man eine Weile lächelnd an und berührte einander an Schultern und Gesicht. Am Tag darauf war man eine der entblößten, empfindlichen Figuren im Wasser, das keineswegs überschwappte, auf glitschigem und rauhem Stein, auf dem man selten ausrutschte, weil die Dinge hier gut auszugehen gewohnt waren. Man war einer der Körper, die andächtig am Rand verharrten und das Wunder Zazzera betrachteten oder die es nach Leibeskräften vollstreckten. Ob es solche gab, die beides zugleich taten, ist unbekannt. Vermutlich waren auch hier, ohne Bedauern, die Beobachter zu ungelenk, um überdurchschnittliche Ausübende zu sein.

Außerhalb Europas gab es in der Zwischenzeit eine Reihe von langen und ruckzuck geführten Kriegen, innerhalb Europas Korruptionsskandale, teilweise verbunden mit aufsehenerregenden Enthüllungen hoher Politiker, Terrorakte, neue Besteuerungen, Orkane, Brände, Überschwemmungen, Seuchen. Unermüdlich legale und illegale Rüstungsexporte (man legt bis heute Wert auf den Unterschied), Vollstreckung von Todesstrafen auch wieder zunehmend in Ländern der westlichen Zivilisation, nationale Vereinigungen und Abspaltungen, wachsenden Einfluß krimineller

Sekten, kontinuierlich wie unbedenklich vermehrte Massenarbeitslosigkeit, bewaffnete Frauenbanden in den Großstädten. In Zazzera sah man strenge Schwimmanzüge, dann kleinste Bikinis, bloße Busen, die Frauen trugen kurze Zeit nur noch Stricke zwischen den Beinen, wenn sie jung waren, hüllten sich in afrikanische Tücher und stilisiert zerrissene Leinenkleider, die Männer zeigten Kunststoffhosen bis zum Knie, Pyjamas in aller Öffentlichkeit, offene Turnschuhe mit schleifenden Schnürsenkeln.

In Zazzera angekommen, war man sogleich ein angenehmer Mensch. Zwangsläufig. Man konnte sich im eigenen Schlechtsein nicht verstecken, hier, wo man fast nichts am Leibe trug. Wer wollte, durfte im stillen schwach werden, in den alten Elendstrott verfallen und zwischen den Zähnen eine fahldunkle Frage ans Dasein hin und her schieben!

Wohlgefällig sah man einen Siebzehnjährigen auf rotem Handtuch in voller Sonne, siebzehn mußte er jetzt sein, mit deutlich erigiertem Glied unter der Badehose, niemandem entging es, der sich von fünf Mädchen, die um ihn herumknieten, kämmen und bezupfen ließ. Die halbwüchsigen Männer konnte man schon ernst nehmen, würde man sie nicht seit Kindesalter kennen, man kannte die Väter, die als lächelnde Kurfürsten auftraten, die viereckigen Großväter auf dem Weg, Haut-und-Knochen-Greise zu werden, deren Frauen – ein Strauch mit rosa Blüten – Korallen auf spätsommerlicher Haut zu geblümten Küchenkitteln trugen, von Sommer zu Sommer rauher lachend, beschäftigt mit den mageren kleinen Mädchen, den Enkelkindern, die irgendwann plump und unbeholfen waren, bis sie als auftrumpfende junge Mädchen und schließlich amtierende schöne Mütter den Pontone regierten, schwätzten, ihre Jungen nachlässig leckten.

Begann das Kaiserpaar Lucio und Francesca Brillen zu benötigen, traten ohne Kampf eine bisherige Semikönigin und ihr Favorit in die Spuren der Abgedankten, um hoffentlich für eine Weile der Gegenstand vielfältiger Mutmaßungen zu sein, bis sie das Staffelholz weitergaben und auch den Platz der »Neapolitanerin«, der »Strandhure«, des »Studenten aus Mailand« andere einnahmen, damit die Farben von Zazzera nie verblaßten, vielmehr strahlten wie von alters her, wenn, neben einer leichten Brandung mit Messe, Matrosen, Wein, Kuchen und Banda ein Grundstücksmissetäter, der Bürgermeister werden wollte, ein Fest aus nicht einmal eigener Tasche spendierte.

Ein Paar, das eine Zeitlang alle Aufmerksamkeit auf sich zog und das wir »die Engel« nannten, verdankte Glanz und Glorie nicht einer überragenden

Pracht seiner, nun, Einzelteile, sondern der Eleganz, der geradezu göttlichen Folgerichtigkeit seines Zusammenschlusses. Niemand von den Betrachtern konnte es vorher vermutet haben, keinmal über die Jahre hinweg, dann aber, als sich das Faktum Sandra-Passa uns vorstellte, genossen wir tief befriedigt die Segens- und Zaubermacht Zazzeras, die Dinge in vorbestimmte, märchenhafte Muster gleiten zu lassen, um allen damit sehr gutzutun, denn als wir, in den erwachsenen Mienen der beiden, ihre fast schon vergessenen Kindergesichter staunend entzifferten, erschien es uns gleichzeitig wie ein andächtiges Aufspüren der unfehlbaren zazzeranischen Lenkungskräfte.
Nicht genug also, in jenem blassen, in seiner Schlankheit ein bißchen überstreckt wirkenden Jungen mit einer Nuance Dekadenz oder vielleicht nur zartester Absonderlichkeit den kleinen, eifrigen Fußballspieler zu identifizieren, dessen »Passa!« früher Schlachtruf und Losungswort gewesen war, der damals, die eigentümliche Disproportionalität des ausgeprägten Kinns, der solid breiten Partie um die Hüften bis in die zu langen Arme fortsetzend, die Hände anfeuernd zusammenschlug und die Ballabgabe forderte. Kein Blick für die Umgebung in großer, gestärkt wirkender schwarzer Turnhose, keiner trug eine so große wie er, was dem Kind in Verbindung mit seiner

leicht steifen Gesamthaltung etwas Kauziges gab, nachmittags bis zum Sonnenuntergang »Passa! Passa!« rufend. Bei dem nun vor uns stehenden Mann hatte eine stilsichere Hand alles ins Lot gebracht, hier und dort begradigt, behutsam gezerrt, ohne das Charakteristische zum Erlöschen zu bringen.

Bei der kleinen, kugeläugigen Sandra mit dem Körperbau eines weichen Zylinderchens, was sie nicht hinderte, an anderer Stelle des Pontone mit großer Federenergie beim Gummitwist zu brillieren, sich steil hochzukatapultieren über die gespannten und verdrehten Bänder hinweg und auf stämmigen Füßen zu landen, um sich unverzüglich mit frischer Kraft hochzuschleudern, bei ihr schien, wie sich nachträglich kontrollieren ließ, alles von Anfang an schon zu großer Kompaktheit versammelt und enggerückt beieinander und vorhanden, niedliche Nase, entschlossener, rundlicher Mund, Lippen zu einem spöttisch schwermütigen Lächeln fähig, die Augen mit großen Lidern verhangen, ernst oder indifferent, bei ihr mußte das Arsenal der Details durch das natürliche Wachsen nur auseinanderdriften an die vorgesehenen Grenzen ihrer Gestalt: Schon zeigte sich eine Bildhübsche, durch überraschende Schlankheit jetzt aber angenehm verfremdet.

Sie schwankten sacht auf einem Surfbrett, zehn Meter vom Strand entfernt, in lockerer Umarmung, uns allen sichtbar als Zazzeras zur Zeit, damals, schönste und öffentliche Frucht.
Keine Überraschung dagegen bot die Verbindung von Luisa Schmidt und »Domingo«. Die beiden waren von klein auf zu zweit angetreten, schon mit fünf und sieben Jahren etwa, als erotisches Miniaturpärchen.
Das mochte eher an der Gestalt des hellhaarigen, auch im Hochsommer blaßhäutigen Mädchens liegen, das so sehr abstach mit seinen fragilen Knöchelchen und noch so eben angenehmer Affigkeit der Bewegungen, dem lasziv-linkischen Balancieren auf den Steinen, das die Aufmerksamkeit zu allen Gelenkstellen des kleinen Körpers hinführte, Bewegungen, die stets auf einer angemaßten Exklusivität ihrer Erscheinung beharrten, diesem elfischen Auftauchen und Sich-Entziehen. Sie hob sich ab von ihren Geschlechtsgenossinnen, erst recht vom ihr zugedachten, gut genährten Knäbchen, das dunkelbraun und wachsam ihren stabilen Schatten bildete, ihr Standbein auf Erden auch und den eifersüchtigen Beschützer. Wer ihnen zusah, den verblüffte das Fehlen jeder Zufälligkeit in ihrem Spiel. Sie gingen Tätigkeiten nach, bei denen sie möglichst immer zu zweit bleiben konnten. Weder einen Tag im Sommer noch einen Sommer

nach dem anderen verloren sie den Kontakt zueinander, Luisa aus Rom, »Domingo« aus Verona, überkreuz zu ihrer Hauttönung. Hatte man Gelegenheit, sie bei ihrer jeweils ersten Sommerbegegnung am Strand zu beobachten, so las man in beiden Gesichtern das Vergnügen, das Entzücken ab, aber auch das Nicht-Verabredete ihrer Begegnung, als hätten sie die ganze übrige Zeit des Jahres nichts voneinander gehört und schlafwandlerisch Zazzera die Fortsetzung überlassen, um so dahinzutreiben.

Natürlich waren beide außerdem in den Gruppen ihres Geschlechts aufgehoben. Es gab gemischte Cliquen, aber auch die rein weiblichen, rein männlichen, die augenscheinlich die Funktion hatten, zumindest bei den älteren Jugendlichen, die individuelle Anziehungskraft für den geschlechtlichen Gegenpol durch schlichte Addition zu vermehren. Nur bei Luisa und Domingo passierte genau das Entgegengesetzte. Die Gruppen profitierten von ihnen, nicht umgekehrt. Die anderen schienen sich, halb bewußtlos, an der Spannung aufzuladen, die sie vage witternd spürten, wenn die beiden eine Weile einander den Rücken zuwandten.

Nun ja, so wenigstens konnte man es empfinden an den selbstzufrieden großartigen Sommertagen, wo der flache Beton des Pontone mit der blauen Leere darüber fast alles ins Bedeutungsvolle steigerte wie auf einer Deichlinie oder auch, jede leidenschaftliche Erregung aus ihren Verwicklungen lösend, in den luftigen, sanft saugenden Raum hinein auflöste? erweiterte? verdünnte? Herausnahm aus dem involvierten Herzen und als allgemeine Atmosphäre den gesamten Körper überschwenglich umschloß? Wie dem auch sei, als Sechzehnjährige sah man Luisa Schmidt vorzugsweise lesend mit aufgestützten, immer noch knochigen Ellenbogen, unter einem die Haut pudrig übergoldenden Sonnenschirm sich die Ohren zuhaltend, Domingo, achtzehnjährig, bei wachsendem technischen Aufwand vor allem Sonnenuntergänge fotografierend, zuweilen auch mit Mädchen, die als Model dilettierten.

Selten ließ sich Luisa dazu herbei und machte dann, geistesabwesend, ein paar Faxen, zog sich das Kleid über den Kopf, zeigte kurz eine Brustwarze.

Wenn sie sich stritten, durften wir es in allen melodramatischen, meist sehr dekorativen Stadien miterleben. Das Heller- und Gläsernwerden von Luisas Stimme, die Veränderung von Domingos keineswegs schlanker Gestalt im Zorn, als würde er sich sprunghaft ins Asketische strecken. Man mußte gar nicht wissen, um was es sich handelte, man sah Luisa weithin signalhaft einsam trauern, man hörte ihn im gelben Auto die Straße heulend protestierend durch den Motorlärm hochdonnern und wenig später unten wieder trinkend, rauchend und höhnisch lachend über die Frau, die gar nicht mehr an ihrem Platz in Versunkenheit klagte, die weg war unverschämterweise, aber nach einer Stunde mit einem eilig aufgelesenen weißen Hündchen hysterisch verliebt herumturtelte, vor seinen, Domingos, Augen und erregt von ihnen, übereifrig ertaubt für seine weicher und säuselnd gewordene Stimme und die schmeichlerischen, werbenden Attacken.

Es endete, wie von Zazzera vorgesehen, in einer Ehe mit Schlußtableau, an dem wir uns erbauen konnten. Eine blonde, diskret übernächtigte Mutter, ein sinnlich verwöhnter Ehemann, ein wohlgelungenes Kind, abwechselnd herrscherlich auf seinen lächelnden Eltern reitend, die sich von Liegestuhl zu Liegestuhl taxierten und flüsternd zu besprechen schienen, ob man einen zweiten Störenfried und Liebesbeweis schon in den nächsten Stunden ins Auge fassen sollte.

Obschon man bei dieser Genreszene gern und ausschließlich Station gemacht hätte, wurde man abgelenkt von einem kaum mehr als kindergroßen Mädchen, das hier nichts verloren hatte in seiner anstößigen Kleinheit, alle Instrumente sexueller Angriffslust unverdeckt ausgefahren, als Ganzes hier impertinent eingeschmuggelt. In fadenscheinigem Hemdchen, zurechtgeschnibbelten Shorts und hochhackigen Sandalen derartig langsam gehend, als wollte sie sich, zielstrebig die Unschlüssige spielend, bei jedem Schritt einer Eroberung vergewissern. Hübsche Brüste, hübscher Hintern ohne Zweifel, lange, frisch gewaschene Haare, hin und her geworfen wie auswendig gelernt. Wir hatten schon lange niemanden mehr so aufreizend altmodisch rauchen sehen und solche Posen fast vergessen. Die hier besaß den Nerv dazu, zum Umherblicken im Schneckentempo, zeitlupenhaften Ausbreiten einer Bastunterlage, alles in einem Dauerzögern. Sollten wir fürchten, sie könnte am Ende umkehren? Wir besannen uns und wollten Domingo wieder die Treue halten, aber er sah ja selbst dorthin und, wir erkannten es sogleich, tat es gebannt! Belustigt vielleicht nur? Nein, gefesselt, wandte den Blick nur kurz und mußte schon neu hinüberstarren. Sie zeigte nicht, ob sie etwas merkte davon, aber es mußte sie bis zum Größenwahn ermutigen.

Kaum waren Luisa und das Kind zum Bachbett gegangen, schielte Domingo unbeherrschter zu dem Mädchen hin, wie um einen Gegenblick zu erzwingen. Sie jedoch, die so auffällig nah ihre Bastdecke deponiert hatte, reizte ihn jetzt durch Nichtbeachtung, lachte, sah weg, warf die Haarmassen über die Schultern und ins Gesicht, rollte eine neue Zigarette über die Lippen, streifte mit dem Fingernagel einen Tabakskrümel vom Mund, brauchte einen Spiegel dazu, sah alles, nur Domingo keinesfalls an. Es mußte diese kleine, selbstgefällige Fülligkeit sein, diese seelenruhige Schamlosigkeit, die ihn faszinierte, als sie nun scheinbar auf ihn zuging, direkt vor ihm einen Haken schlug, saumselig, im voraus siegessicher und kerzengerade aufs Meer zu stolzierte, alle zwei Schritte das Affentheater mit den Haaren. Es mußte dieses derb Parfümierte, die bordellhafte Mechanik ihrer Darbietung sein, die ihn konsternierte, ja schon eroberte, denn als sie achselzuckend vom blau blöden Wasser zurückkam, begann Domingo, sich nach seiner Frau umzusehen. Er wechselte jetzt die Blicke ab, teilte sie gerecht zwischen der Familie und dem molligen Eindringling, der frech und wollüstig sich zu rekeln begann, die kleine Schlangenbrut! Vermutlich wog er ab, was sich bewerkstelligen ließ in der knappen Frist, die ihm noch blieb bis zur Rückkehr des Anhangs. Da lachten die beiden schon. Er hatte einen Gegenstand, ein Papierkügelchen, eine Streichholzschachtel vielleicht, zu ihr hingeworfen und sie am Oberschenkel getroffen. Dort preßte sie jedenfalls die Hand auf wie eine Verletzte, aber strahlend. Sie rückten beide ein Stückchen aufeinander zu. Das Mädchen legte plötzlich den Daumen auf die schon schwülstig vorgestülpten Lippen, ein angedeuteter Kuß, ein Verschwörungszeichen zum Heimlichtun, ein warnendes Hinneigen des Kopfes in die Richtung Luisas, die – wollte sie ihm mit ihrem Ausflug eine Falle stellen, eine Brücke bauen? – nun aber doch zurückkam und nach dem Rechten sah. Domingo versank auf Kommando des Mädchens in der Rolle eines Gleichgültigen.

Mit einem Erschrecken überfiel uns eine Einsicht: Wir waren mitten in einer Affäre, nicht an ihrem möglichen, verhinderbaren Beginn! Die beiden kannten sich längst! Überhaupt nur seinetwegen, auf Verabredung oder um ihn zu schockieren, war das Mädchen hier aufgekreuzt.

Unter ihrem Sonnenschirm saßen Luisa und Domingo. Wir sahen uns die beiden Gestalten – Luisas Haut unter feinstem Goldstaub wie gewohnt – von allen Seiten an. Ihre Hand griff in sein Haar, als rückte sie ihm mit den flimmernden Fingern einer resoluten Fee den ins Trudeln geratenen Kopf zurecht. Unmöglich konnte sich hier etwas Katastrophales zusammenbrauen. In Zazzera, wir waren uns sicher, würde auch das, was sich anbahnte, Teil, wenn nicht sogar Ursprung eines insgesamt Guten, letzten Endes sehr Guten sein.

Eines Tages aber hatten wir es mit einem Phänomen zu tun. Ein junger Mann war aufgetaucht, den niemand kannte. Am ersten Tag stand er an einer

Felswand, wie angepreßt dort, wie im Halbschlaf, ein Verschwörer, Kurier im Halbrelief?
Ein sehr brauner Teufel mit langem, schwarzem Nackenhaar lauerte bewegungslos, als wollte er sich unsichtbar machen und den besten Zeitpunkt für seinen Auftritt abpassen, stand da im Schatten, ohne Schatten zu werfen, und war irgendwann verschwunden. Zwischendurch hatte ich für einen Augenblick entdeckt, wie er lachte, geradeaussehend nämlich und unfreundlich, schmaläugig, alle leuchtenden Zähne zeigend bei finsterem Gesicht. Grollend starrte er aus seiner dunklen Zone über den hellen Steinstrand. Offenbar war der scharfe Horizont noch das Angemessenste für ihn.
Mit zwiespältiger Erleichterung sahen wir am nächsten Tag eine Genossin bei ihm. Hatte Zazzera so schnell an ihm gewirkt: mit alter, erprobter Macht, die Dinge geschmeidig nach den wahren, geheimen Absichten zu arrangieren? Aber diese Gefährtin bildete ja durchaus keinen Gegensatz und bot keinerlei Besänftigung! Unsere Genugtuung verflog im Nu. Beunruhigt konstatierten wir, wenn auch noch immer zuschauerhaft träge – liebten unsere Bedenken demnach zur Hälfte –: Auch dieses Wesen kannte niemand, auch bei dieser neuen Fremden dasselbe tiefe, nirgends gestörte veloursartige Braun, die kraftvolle Model-

lierung, wild, jedoch symmetrisch, von Stirn, Wangen, Nase, die aggressiven, starken Zähne beim geräuschlosen, hochfahrenden Lachen. Eine Schönheit und jederzeit auf dem Sprung.
Manchmal drehten sie die Köpfe und urteilten über uns. Es kam nichts Gutes dabei heraus. Wir langweilten sie, ihnen war alles altbekannt. Sie gafften, nein, das taten sie nicht, sie bestraften uns mit höhnischen Blicken, bevor sie schnell einige Sätze tauschten, als verfügten sie über eine Privatsprache. Recht so, auch das noch! Sie sahen uns mitten ins Gesicht voll wortloser Verächtlichkeit aus bösartigen Augen. Wir konnten den Blick kaum wenden von ihnen. Manchmal meinten wir, sie hielten sich nur noch für Momente, allenfalls Stunden zurück, bis ihre schwarzen Gedanken ein Unglück heraufbeschwören würden. Dann wieder war es schon da, allein durch ihren tödlichen Überdruß, hier, in Zazzera. Sie schwammen behende wie die Seeschlangen, das machte sie für uns nicht menschenfreundlicher.
Nicht menschenfreundlicher. Das Paarhafte, Doppelte hingegen machte sie unverwundbar. Sie besaßen alles, was sie benötigten. Wir versuchten, um uns ihrer wenigstens teilweise zu bemächtigen, darin einen Mangel zu entdecken. Diese Wechselseitigkeit, die makellose Entsprechung, stellte sie nicht auch ein Kainszeichen dar? Wurde nicht

nahegelegt, daß sie maschinelle Produkte sein mußten, Puppen, Modelle aus neuartigem, weichem Material, mit der winzigen Variation der Geschlechtsdifferenz, exklusive Fabrikware, Prototypen? Sie gönnten uns keine direkten Signale ihrer uns um so rücksichtsloser ausschließenden Leidenschaft, nicht einmal das, doch die stand außer Frage.

Sie kamen Tag für Tag und veränderten sich nicht. Keiner wagte, sie anzusprechen. Und doch wären wir alle abgereist, wenn sie uns im Stich gelassen hätten, die verwerflichen zwei, auch von uns heimlich »rana und rospo« genannt, weil nichts falscher sein konnte, und erbittert: »topo und civetta«, sinnlose Bändigungsversuche.

Etwas sickerte in uns ein, oder soll ich sagen, blühte in uns auf? Jeder, der öfter nach Zazzera kam, wußte, daß weiter südwestlich eine wüste Gegend beginnt, roh glotzende Felswände an der linken Seite aufsteigend und rechts zur Küste abstürzend, dazwischen die Straße, eine enge, gegen den Willen der Natur durchgesetzte Terrasse. Unterhalb der aufgerissenen Landschaft Buchten, noch immer gefüllt mit den wahllos hinabgeworfenen Steinbrocken von der Sprengung, jederzeit bereit, unvorsichtige Kletterer zu erschlagen, die zu der kalt und unberechenbar, je nach Windverhältnissen launisch vorbeischießenden Strömung nach unten

wollten. Die kleinen Kirchen der oben gelegenen Orte waren in aller Ärmlichkeit vollgestellt, ohne Gliederung und Schönheit, mit jämmerlichen Blumen, Kerzen, elenden, unbeholfenen Bildern, nicht zur Freude, nur zur Abwehr eines Schrekkens, in einer dumpfen Atemluft voller Furcht, Schluchzern, Moder, Schuldgefühlen, als sollten die Löcher, aus denen ein jahrhundertealtes Entsetzen noch immer hervorquoll, mit bloßen Fäusten zugestopft werden.
Das war uns ja bekannt wie einst die blutigen Seeräuberüberfälle, schon im vorangegangenen Jahrtausend beginnend. Fern davon, hatte uns Zazzera in seiner Gewalt und Bezauberung. Aber nun gab es uns selbst zu verstehen: Seht mich ruhig an! Für euch ist es vorbei! Oder nein, das hätte uns nicht so sehr bekümmert, es war eigentlich umgekehrt. Das Licht auf dem abendlichen Geflute, die schrägen, schwebenden Blütenschirme an den Hängen im vielversprechenden Morgenschatten, das sublime Schweifen der Möwen: Es half ihnen nichts, sie drangen nicht zu uns durch, wir blieben ungerührt. Wir wünschten uns ein Gefühl und empfanden es nicht. Wir horchten ihm unglücklich nach, wollten es herbeizitieren. Unser Herz klopfte nicht lauter. Wir saßen in der Pracht, und es war unerheblich.

Nein, blind waren wir nicht. Wir sahen plötzlich das Altern der Frauen, nicht durch die Falten, auf die achteten sie ja, die glätteten sie lange Zeit, aber ein gewisser, immer besorgterer Gesichtsausdruck verriet sie, der nur noch selten, immer dürftiger und unzureichender durch die Liebe ausgelöscht oder wenigstens gemildert wurde, auch wenn sie krampfhaft hinter ihren Jahren zurückbleiben wollten. Der Rest eilte ihm ohnehin, wie überall, devot voraus, dem Alter, und scherte sich um nichts mehr. Zwei Todesfälle hatten aus denen, die einst Säulen der Freude gewesen waren, bleiche Hinterbliebene gemacht. Ihre Augen leuchteten und lachten nie mehr, über alle Herrlichkeit gingen sie zerstörerisch, zersetzend hinweg. Man fühlte sich dem schönen Leben nicht mehr gewachsen und schämte sich der genießerischen Mißverständnisse der Reisenden, die den Rahm abschöpften. Wir spürten zum ersten Mal ein schlechtes Gewissen, als würden die Sorgen des Festlands nicht mehr zurückgestemmt. Überall sah man Zeitungsleser, die kaum den Kopf hoben, vertieft in die Fülle der schlechten Nachrichten mit großer Ungeduld und Gefräßigkeit. Zunehmend wurden pflichtschuldigst die Gaunereien diskutiert, die auf der Insel und auch hier, in Zeffiro und Zazzera, passierten, die Machenschaften der großen Familien, die Brandstiftungen, die ungesühnt blieben,

ausgeübt von Leuten, die trübsinnig und erfolglos mit Netzen fischten, nachdem sie mit Dynamit die letzten seltenen Fische aus ihren Höhlen geholt hatten.
Die Hänge standen in stumpfem Glühen, es sproß ihnen ein stachlig starrendes Fell. Um jedes Gebüsch herum ging es in die Tiefe, düstere Körper, aus Abgründen ragend, ein schwarzer Riß umlief die Dinge und wechselte später über in fade Helligkeit bei Mondlicht. Man hatte vor dem Meer gestanden als durchsichtige Kammer, ohne die Grenzen der festen Hautoberfläche. Neptuns lichtes Reich, hatte man gedacht. Aus damit! Es lag da, einschnürend in seiner Eintönigkeit, bleckend, erwürgend, ohne Zartheit, ohne Festlichkeit, ohne Seele, Wissen, Verstand. Ernüchternde Wassermassen. Eine kahle Falle, von Meer und Himmel gebildet, weg die Spielzeugwelt der Ereignisse, ein vorweggenommener Weltabschluß, eine Entwertung ringsum. Zum Horizont sah man als Käfer zur fernen Mitte des Buches, über die schaurig heitere Papierwüste, Einzelheiten wegrasiert, weggeputzt, dem Gedächtnis und Universum entfallen. So waren die Abendstunden. In der Ferne, am ungeselligsten, ungemütlichsten, in traniger Gestaltlosigkeit: eine alles schluckende Zone. Ganze Passagierdampfer wurden ins Zweidimensionale geklappt, aller Inhalt herausgesaugt und das Leben in

eine Flachheit gepreßt, aus der es kein Entkommen gab. Es ereignete sich wortlos und vernünftig, ohne Protest. So war es jetzt nicht immerzu, aber diese Momente triumphierten als Wirklichkeit über die besseren.

Oben, von seinem Häuschen in Zeffiro aus, wo er, am Fenster stehend, jeden Abend, wie ein Leben lang gewünscht, den Sonnenuntergang ansehen konnte, würde Herr Kaempf, der sich einen großen Teil des Jahres hier aufhielt, den Veränderungen Zazzeras entrückt, glücklich sein wie stets. Er kam ja nicht mehr, der alte Mann, der noch im letzten Sommer wie ein junger Hund gesurft hatte. Sobald sich ein Hauch regte, war er im Sturmschritt die Straße heruntergelaufen. Manchmal sah ich sein Fenster zu mir herabblicken, was er nicht wissen konnte. Von Zeffiro funkelte es zu mir herunter, ein abendlicher Sonnenreflex, als würde Zazzera, immer enger werdend, in diesem glühenden Punkt trichterartig zusammengefaßt.

Wie versehentlich schlich ich endlich zwei-, dreimal an seinem Haus vorbei. Ich tat vor mir selbst so, als wäre es ein Zufall, bis seine Frau mich bemerkte und aufforderte, einzutreten für einen kleinen Gruß. Ich solle aber nicht erschrecken. Er habe vor einem halben Jahr einen Schlaganfall erlitten, in der Schweiz über seinen Bauzeichnungen, aber doch unbedingt wieder hierherkommen wollen. Es sei eine beschwerliche Reise gewesen.

Beim Öffnen der Wohnzimmertür fiel der Blick sofort durch die weitgeöffnete Balkontür auf die blau und silbrig schimmernde Bucht, dahin, wo ich gerade herkam. Erst als ich mich ein wenig drehte, nahm ich den alten Mann wahr, der lächelnd in einem Rollstuhl saß und mir, da er sich nicht erheben konnte, mit einem Arm zuwinkte, ohne sonderliche Überraschung offenbar. Er hatte vielleicht meinen Namen nennen und meine Stimme gehört. »Auch die Menschen, wenn sie zur Betrachtung zu kraftlos sind, wenden sich dem Handeln zu, einem Schattenbild des Betrachtens und der Vernunft«, sagte er und fügte höflich, um mir jede Peinlichkeit zu ersparen, »Plotin, er hat gut reden, nicht wahr?« hinzu.

Ich setzte mich neben ihn, der entrückten, leuchtenden Außenwelt gegenüber, und obschon bisher zwischen uns gar keine sonderliche Vertraulichkeit bestanden hatte, begann ich schon bald und schonungslos mit meiner Klage über den Wechsel in Zazzera, über die ganze Welt, und daß ja auch hier kein Glück sei, alles nur Täuschung, auch hier kein Stillstand für ein bescheidenes Weilchen, keine Rast und Stärkung, überall ja, und überall hinreichend, Krieg und Zerfleischung und Sterben, ein Stoffumsatz, den die Natur nicht mehr verkraften könne, die Materialströme, die verheerenden, an denen wir beteiligt seien, niemals schuldlos, niemals freigesprochen. Das sei das Schlimmste. Ich stammelte, ich brach in Tränen aus. Das mißgünstige schöne Paar neuerdings sei die leibhaftige irreparable Destruktion, der Untergang Zazzeras.

Er sagte nichts, nur, in mein Schluchzen hinein, er bitte um Entschuldigung, daß er lächeln müsse. Es sei eine Gesichtslähmung, er könne nicht anders. Die Bläue füllte luftig, heiter, eine träumerische Unendlichkeit, den gesamten Türausschnitt, und doch beinahe erstickend. Das Paar, sagte er, sei in Zeffiro durchaus nicht unbekannt. Er wisse genau, wen ich meine. Nur hielten sie sich hier sonst in der anderen Jahreszeit auf. Sie seien Einheimische, in Zeffiro geboren, gerade sie hätten also ein Recht, hier zu sein. Sie lebten in Mailand und seien hier im Spätherbst, im Winter, im frühen Frühling oft anzutreffen. Allerdings habe er sie noch nie im Sommer in Zazzera gesehen. Waisenkinder, arme Teufel, die ein reicher Feriengast adoptiert habe und studieren lasse. Kein Liebespaar übrigens, sondern Zwillinge. Er wartete meine Antwort nicht ab. Lachte er nicht leise? Zugleich drückte er meinen Arm, um nicht mißverstanden zu werden: »Ich weiß, ich weiß! Ich will Ihnen etwas verraten!« Hier brach er ab und rief seine Frau, die ihn, nach mühsamem Erheben, stützte, während er an zwei Krücken sehr langsam ins Bad ging und nach einigen Minuten zusammen mit seiner Frau zurückkehrte.

Sobald er saß, ohne ein Ächzen ganz unterdrücken zu können, fuhr er fort: »Etwas verraten, ausplaudern.« Er lachte fast schäkernd und seufzte auf einmal: »Manchmal habe ich draußen auf meinem Brett schaukelnd die Augen zugemacht, um mich an Zazzera zu erinnern, während ich doch da war. Ich habe Ihnen zugehört und es nicht vergessen. Sie weinen ja nicht mehr! Irgendwo muß auf der Welt die Schönheit herrschen dürfen, stellvertretend für die Restwelt, eine kleine, vollkommene Schönheit, ja ja, so denkt man hier, so möchte man hier denken. Aber dann der Kummer, der große Kummer.« Er räusperte sich taktvoll, aber nicht ohne Spott und legte seine Hand freundschaftlich auf meinen Arm, zunächst mit so kräftigem Druck, als könnte er nicht mehr abschätzen, wie seine Muskeln funktionierten. Dann besann er sich, lockerte die Finger und sagte, den Kopf in den Nacken werfend: »Sehen Sie die Wellen, wie flimmerndes Laub oder wie Beete, lauter ordentliche Beete mit Engelsköpfen und glitzernden Heiligenscheinen, Wölbung an Wölbung wie bei Giotto, auch wie die Jungfrauen der heiligen Ursula und die Regimenter der Bischofsmützen bei

Carpaccio. Aber am Horizont, unserem hier, das sind leider die Brandwolken, Qualmsäulen von den schweren Feuern auf Korsika. Morgen wird lauter Asche auf dem Wasser liegen wie im Frühsommer der Blütenstaub der Eßkastanien. Auch in unserem Rücken brennt es jetzt, da, immer derselbe Hubschrauber stürzt sich den Hang hinunter auf die Meeresfläche, um Löschwasser zu holen, schon länger als eine Stunde: Ununterbrochen, immer steiler wirft er sich vom Feuer in den Bergen hinunter, um Zeit zu sparen, und kriegt es doch nicht in den Griff. Wie leicht kann er, wenn er noch waghalsiger wird, in den Kronen der Bäume hängenbleiben mit dem Wasserbehälter! Dann gibt es einen neuen Brand, diesmal ohne Absicht, ausnahmsweise, und einen toten Hubschrauberpiloten. Die Leute am Strand interessiert seine Arbeit nicht. Sie kennen das Schauspiel, es langweilt sie, nur der Wirbel auf der Wasseroberfläche, das ist ein Spaß für die Kinder. Sie stören ihn, wenn er Schwung holt für den effektivsten Bogen beim Wasserschöpfen. Vor einigen Wochen ist hier ein siebenjähriger Junge ertrunken, um zwei Uhr mittags. Man hat Wiederbelebungsversuche gemacht. Die Leute sind Arm in Arm hingewandert, wo er lag, schon mit Schaum vor dem Mund, und dann gemächlich zurück. Jetzt aber zum Vordergrund! Da, der Mann hat einen Bauernhof in der Nähe, er spielt mit seinen Kameraden, ein Hund, eine Katze, alle drei sind immer zusammen, zu Hause kommen noch die Hühner und ein Esel hinzu. In der Dunkelheit, die Fischerboote, eine dröhnende, helle Linie die Nacht durch, sie fahren mit Schleppnetzen, sie räumen auf, sie räumen aus, Schneisen, egal, was kommt. Links aber das Anwesen unseres Postboten. Er schuftet in jeder freien Stunde. Geduldet von der Gemeinde, schiebt er sich gegen jedes Bauverbot langsam auf den Strand zu, jedes Jahr ein paar neue Zimmer zu vermieten, überall Betonsäcke. Draußen übrigens, sehen Sie nur hin, dort, wo Tier in der Tiefe anmutig Tier verschlingt, Ihr böses, böses Paar in einem kleinen Boot. Es scheint so, als trieben sie dahin in einer geäderten Blase oder Eihaut, und noch weiter, hinter ihnen, ein phantastischer Effekt, die Wolkenzinnen, durch deren Öffnungen von unten die Sonne schießt, große Ananasfrüchte, Palmen, Artischocken, ein Altdorfer-Himmel, die Wölkchen wie sirrendes Laub in Licht und Wind. Jetzt, zwischen Horizont und den schlafenden Zwillingen, das Wasserschiff vom Festland, weil viel zu viele Touristen auf der regenarmen Insel sind. Der Mann auf dem Felsen, der dem Schiff zuwinkt oder sich nur die Hand vor die Augen hält, ist ein Arzt. Den ganzen Tag liegt der dicke Mann unter einem Sonnenschirm in den Felsen. Er schwimmt jeden Morgen mit Gepäck in einem Kindergummiboot rüber, in einem grünen Drachen, und betet irgendwas an. Vielleicht die Einsamkeit. Sehen Sie nur das beschwingte Blau! Die Kuppeln, Bögen aus reinem Blau, ein monströses Blau, wie man es von den Atlasflügeln einer bestimmten, knalligen Schmetterlingssorte kennt, in allen Größen. Ist es nicht, als betrachtete man von innen die sich dehnende Haut eines immer weiter aufgeblasenen Ballons oder wenigstens ein gewaltiges, gegen den Himmel geblähtes Segel? Ganz vorn die Frau, sie ist ebenfalls nackt, wer mag es sein, noch sehr weiß, hat nur ein Handtuch um die Hüften gelegt, bäuchlings auf der schrägen Felsplatte wie auf einem Doppelbett, aber es liegt kein Mann neben ihr, es ist eine Möwe, die sich ruhig neben ihr niedergelassen hat. Nur manchmal breitet sie die großen Schwingen aus und schüttelt sie über dem Körper der Frau. Fast ein sodomitischer Akt, nicht wahr? Wer weiß, ob nicht die drei schwarzen Frauen, halb im Wasser, schwarze Haare, schwarze Badeanzüge, darüber einen Urteilsspruch fällen. Wie sie murmeln und dann schneidend auflachen! Ganz rechts mein alter Freund, der graue Hund. Ein Greis, der viel zu lange schon lebt, wie ich. Dauernd rutscht er von den glitschigen Kieseln ab, es wird ihm jedesmal weh tun, aber er will seine Besitzerin nicht allein lassen. Und dann die-

ses besessene Kerlchen! Zwischen Eltern und Wasser rennt es seit einer Stunde hin und her, vor und zurück, ein perpetuum mobile. In wessen Auftrag? Ein engelhaftes, mechanisches Püppchen, unermüdlich, schreiend. Schont sich nicht in seiner verrückten Begeisterung.«
Es war längst Nacht geworden. Er hatte ja zwischen seinen Sätzen lange Pausen gemacht, in denen ich schwieg. »Sehen Sie das Meer«, fing er noch einmal an, krampfhaft beherzt, um seine Erschöpfung zu vertuschen, und mich gleichzeitig an meinen Platz zwingend mit seiner Hand, die noch wie vorhin auf meinem Arm lag, »sehen Sie nur, Falten und Furchen, altes Leder. Erkennen Sie aber die Fohlen des Boreas, wie sie auf den Wellenkämmen laufen? Ob Gott in Gestalt des Meeres haust? Das stelle man sich einmal vor! Die Vermischung mit der Öde. Sie dürfen das Ausatmen nicht vergessen! Sehen Sie das Wasser, ohne Spritzer, ohne Schaum in sachtem Auf- und Abwärtsschwappen, wie von einer großen Maschine veranlaßt, an den Felswänden, die ihm mit senkrecht abfallenden Platten Widerstand leisten. Warum starrt man das an, diese Stille, eine Konfrontation, die ohne Getöse auskommt? Es muß eine paradiesische Übereinkunft sein. Es ist eigentlich kein Frieden, sondern Lust, der Höhepunkt einer Wollust. Bezweifeln Sie das?«

Wir sahen gemeinsam in die Schwärze mit den in mechanischen Rucks wandernden Lichtern der Fischerboote. »Der helle Himmel, wie er das Meer in gewölbter Form fortsetzt, es mit allem um uns herumbiegt, hinter uns rundet, wie wir fortwehen in der hauchdünnen Hülle, dahintreiben oder vielleicht auch stillstehen in einem riesigen, angehaltenen Atemzug, in dem jeder ein Bröckchen seines Lebens für immer opfert. Hören Sie das Schürfen und Rascheln der Eukalyptusblätter von Zazzeras Haarschopf, von Zazzeras wildem Wäldchen in der Zwillingsmündung? Hören Sie nur! Nicht aus Bosheit wird da so geraspelt und geschabt, nicht um geräuschvoll die Bosheit zu illustrieren, denken Sie das nicht! Das wohl nicht in erster Linie, dagegen das Unentwegte, das schon«, er schob mich, während er sich den Schweiß von der Stirn wischte, in die Richtung der Tür und beendete flüsternd: »die unentwegte – suchen Sie ein besseres Wort – Interessantheit?«, er lachte belustigt oder schon kindisch vor Müdigkeit, »jawohl, Unentwegtheit der Welt. Das ist alles und muß genügen, nichts weiter, sonst nichts.« Und barsch und kurz und bündig ab mit mir. Die meisten Leute schliefen sicher schon, auch Izetbegovic, Tudjman und Milosevic vielleicht, und vielleicht friedlicher, tiefer, als es Herrn Kaempf jemals noch gelänge.

Kurz und gut, von Livorno kommend also bei San Vincenzo ab nach Piombino. Etwas Eigenartiges, wie gesagt: die geradezu weltabschließende Lage der Bucht durch eine unverständliche Drehung oder Schiefe dem allgemeinen Küstenverlauf gegenüber.

Nis

Plötzlich sahen alle von ihren Käseschnitten, Weingläsern, von ihrem Räucherfisch hoch und zu mir her. Sie kauten noch, aber mit den Servietten tupften sie bereits den Mund ab, mit den Servietten in der Hand lehnten sie sich, gegen die Tischkante gestemmt, auf ihren Stühlen zurück. Sie atmeten freundlich die Luft ein und kräftig wieder aus. Ihr Blick beschäftigte sich mit meinen Lippen, die ich geschlossen hielt, und mit meiner freien Kehle, die sich bewegte.

Ich hatte nichts weiter gesagt als: »Dänemark? Ich kannte da einen Inselbewohner.« Oder, ich erinnere mich nicht mehr genau: »Schüchternheit? Da fällt mir ein Beispiel ein.« Plötzlich, angesichts ihrer Erwartung, brachte ich es nicht einmal fertig, abzulehnen, obwohl dafür ein Satz wie: »Ach, mir fehlen die Zusammenhänge« genügt und vor allem der Wahrheit entsprochen hätte. Schon lächelte jemand seinem Gegenüber mit hervortretenden Augen zu, eine Grimasse, die wohl auf mein Stillschweigen anspielte. Man begann also, mir meine Ratlosigkeit als Trick auszulegen, mit dem ich größere Aufmerksamkeit erzwingen wollte! Dabei machte mir gerade diese geschlossene Beachtung von allen Seiten zu schaffen, diese selbstverständliche Annahme, ich werde die Bemerkung fortführen, die mir in unkontrolliertem, möglicherweise aber vielversprechendem Tonfall entschlüpft war. Ich riß die Zähne auseinander:

»Es ist beinahe zwanzig, siebzehn, achtzehn Jahre her.« Dann die Ergänzung, wie von selbst, automatisch ging es über die Lippen: »Es passierte während eines Sommeraufenthaltes auf einer kleinen dänischen Insel.«

Nun war es natürlich geschehen! Sie setzten sich, wie auf ein Signal, noch bequemer hin, Wein wurde nachgeschüttet. Und, ganz sicher, nach diesem Anfang konnte ich mir nicht, da es ihre Ansprüche nur steigern würde, eine zweite Pause leisten. Ich hatte auf jeden Fall eine Weile in rascher Folge einige Sätze zu sagen. Eine Charakterisierung! Ja, vielleicht würden sie sich damit zufriedengeben!

»Der Mann hieß Nis. Er lebte allein am Ende des Dorfes in einem kleinen Haus mit einem ziemlich großen Garten. Wir kauften Gemüse und Obst bei ihm. Wissen Sie, damals war ich siebzehn, wir, die Mutter einer Freundin, ihre Tochter und ich, kauften ihm seinen Salat und die schwarzen Johannisbeeren viel zu billig ab. Das dachte ich, und auch, die Mutter, eine ältere, grauhaarige Akademikerin, dürfe Nis, der immer fürchterlich hustete, nicht wie einen Laufjungen behandeln. Sie sagte einfach Nis zu ihm. Sie war Schulärztin. Sie kennen den Typ! Sie sah ihn jedesmal mit ihren kühlen Augen an, wenn er uns seine Ware gab, für das bißchen Geld, mit einem Lächeln, als nähme er es nur, damit wir nicht glaubten, er schenke uns etwas. Er steckte es ohne Interesse in eine Tasche seiner zerlumpten Hose und verbeugte sich leicht. Er trug mehrere Jacken offen übereinander, darunter aber eine Weste mit einer blanken Uhrkette. Seine Augen glänzten feucht, rotgerändert aus dem sehr faltigen Gesicht. Beim Abschied nahm die Ärztin immer streng seine dünnen Hände, hielt sie fest, zwang ihn, sie anzusehen, und befahl ihm, sofort das Pfeiferauchen zu lassen, ebenso, sich schleunigst an einen Spezialisten auf dem Festland zu wenden. Er lächelte eingeschüchtert, und ich dachte, daß so vermutlich die Kinder aus Familien mit einer Mutter, die keine Zeit hatte, die Fußnägel zu überprüfen, Sie können sich das vorstellen, während der Untersuchung vor ihr aushielten. Er fragte dann, ob er ihr noch ein paar Eier schenken solle, und atmete nach unten oder zur Seite, damit sie nicht den Alkohol roch. Er versprach dann auch, ihren Anweisungen zu folgen, er machte alle Zeichen der Verlegenheit. Im Dorf spielte er das Mädchen für alles. Man konnte mit ihm umspringen, wie man wollte. Er war ein gebürtiger Schwede und sprach flüssig deutsch. Man brauchte ihn, wenn es Schwierigkeiten mit Fremden oder unangenehme Arbeit gab. Nis ließ sich einspannen. Er hatte seine Frau verloren. Kinder nie gehabt. Wozu war so ein Mann nutze, wenn er nicht wenigstens half, so gut er konnte! Dafür lud man ihn ab und zu an den Feiertagen ein. Er verwahrte Kinder und grub Gärten um, er strich Häuser an, reparierte Wasserleitungen. Er erhob keinen Einspruch. Er forderte uns dazu heraus, in ihm einen treuherzigen, anständigen, ein wenig unbeholfenen, aber rührenden alten Mann zu sehen. Ja! Dabei hatte ich schon damals den Eindruck, daß etwas Gaunerhaftes in seinem Gesichtsausdruck lag.«

Das war zweifellos nicht das richtige Wort, aber es verfehlte seine Wirkung nicht. Ich dachte mir und täuschte mich da offensichtlich nicht, daß sie mir nun doch diese kleine Wendung, diese Konterung seines Charakters abnähmen. Das als Pointe sozusagen und damit Schluß. Lockerer Erzählton also:

»Ich meine etwas, das nicht ganz der allgemeinen Vorstellung von ihm entsprach. Er hielt auf eine merkwürdige Art Distanz. Hörte er vielleicht den Ermahnungen der Ärztin nur zu wie ein Schaf, weil sie das einfach loswerden mußte und eine so verantwortungsbewußte Person war? Gab er nach, weil er sich auf keinen Handel einlassen wollte? Allerdings besaß er wohl weder das Selbstvertrauen noch die nötige Erkenntnis, was seinen wirklichen Charakter betraf, um sein Verhalten grundsätzlich danach zu richten. Er war zu schwach und zu gut für die Welt. Kann man so sagen? Es gelang ihm nicht, sich ihr gegenüber zu verhärten. Er war weder zu Haß noch zu Zorn fähig, er besaß kein festes Wesen, keinen greifbaren Kern. Er schmiegte sich den Situationen an, indem er prinzipiell den kürzeren zog. Insofern blieb er immer Nis. Er trug nicht die Verpflichtung einer sogenannten Persönlichkeit mit sich herum. In dieser Hinsicht hatte er nichts zu verlieren und auf nichts achtzugeben. Das machte es ihm möglich, sich so widerstandslos zu bewegen, mit Verbeugungen, Lächeln und kostenloser Unterwürfigkeit. Er provozierte seine Umgebung, sich seiner zu bedienen. Verstehen Sie? Daß sie sich dabei auf einem bestimmten, wenn auch vielleicht imaginären Niveau etwas vergaben, bemerkten diese lebenstüchtigen, behäbigen Leute natürlich nicht.«

Manche rauchten jetzt, andere betrachteten die Reste auf dem Tisch und schnitten sich kleine Stücke Käse nach längerem Zaudern ab. Wenn sie zu mir hochschauten, taten sie es mit deutlicher Ungeduld. Ich kannte diese Blicke. Schon wenn ich versuche, Witze zu erzählen, werde ich meist so angesehen, als wollten mir die Leute mithelfen, endlich zur Sache zu kommen. Sie hofften immer noch auf einen Clou, wenigstens auf einen handfesten Beweis für meine Behauptungen. Oder sollte ich mich einfach geschlagen geben? Ich ließ einige Sekunden verstreichen, ohne etwas zu sagen, aber diese Stille war fürchterlich. Es kostete mich außerdem einige Anstrengung, nicht zu widersprechen. Ich hielt den Druck ihrer noch immer nicht eingeschläferten Erwartung nicht aus. Ich trank einen Schluck Wein. Sie beobachteten mich mißtrauisch, sie nickten mir ermutigend zu, ein paarmal hintereinander, als sei so endlich die Bremse zu lösen, die mich hinderte, zum springenden Punkt zu gelangen. Sie wollten ein Ereignis. Gut. Plaudern, Plauderderton! Gut, ein Ereignis jetzt. Gab es das? Gut, wenn sie darauf bestanden! »Eines Tages«, so mußte ich anfangen!

»Eines Tages faßten wir den Entschluß, ihm seine Sachen in Ordnung zu bringen. Es sollte ohne Ankündigung geschehen, er hätte uns sonst bestimmt daran gehindert. Wir besuchten ihn also zu einer ungewohnten Zeit, am frühen Vormittag, in seinem Haus. Im Garten war es heiß und still, glauben Sie mir, ich weiß es noch genau, es roch nach Reseda, nein, nach Johannisbeerlaub. Wir riefen nicht nach ihm, um ihn zu überraschen. Aber als wir nach ihm Ausschau hielten, konnten wir ihn zwischen all den Büschen und Ranken nicht entdecken. Die Gartengeräte lehnten an der gekälkten Hauswand. Sie war blendend weiß wie alle Häuser des Dorfes. Zum ersten Mal betraten wir daraufhin den schmalen Fliesenweg, der auf das Haus zuführte. Bisher hatten wir nie so weit gehen müssen, er kam uns immer entgegen, mit ausgestreckten Armen und gespreizten Händen fing er uns ab. Wir sahen auch nie durch die Fenster, obschon keine Gardinen davor hingen, denn das Licht fiel so ungünstig hinein. Aber jetzt, und an dieser Stelle, muß ich Ihnen gestehen, fing mein Herz an zu klopfen, näherten wir uns den Scheiben so sehr, daß wir praktisch mit der Nase daran stießen, und erst jetzt konnten wir erkennen, was den Einblick unmöglich machte. Die Fenster waren so verschmiert, daß wir uns ein Stück freireiben mußten. Wir sahen also sein Zimmer, ein verdrecktes Bett, ein Kissen ohne Bezug auf dem Boden, das übrige Bettzeug schien aus alten Lappen und Zeitungen zu bestehen, neben dem Tischbein eine Pfütze

Milch, Flaschen und Konservendosen gehäuft in den Ecken des Raumes, ein angebissenes Butterbrot auf einer Jacke, kaltes Fett auf Tellern, die offenbar nie gespült wurden. Es herrschte eine solche Düsternis, daß wir dies alles nur mit Anstrengung unterscheiden konnten. Entschuldigen Sie, wenn ich manchmal stottere. Der Fußboden war eigentlich gar nicht auszumachen, eine schwärzliche Masse breitete sich darauf aus wie ein Dunst. Wir begriffen in diesem Moment, warum Nis niemals in seinem Haus Besuch empfing, aber wir wußten auch, daß er fast alle Abende hier mit seinem Husten verbrachte und hier den Winter über den Tag lang saß, mit seiner goldenen, geputzten Uhrkette, ohne zu kochen, Nis, der die Häuser fremder Leute mit großer Geschicklichkeit instand setzte. In diesem Stall, dachten wir, konnte ein Mensch nur verrecken. Eine vollkommene Resignation, eine Apathie nicht nur den Dingen, auch dem Leben gegenüber, mußte diesen Raum allmählich in eine solche Höhle verwandelt haben, das Innere dieses Hauses, dessen Fenster wir nie hatten offenstehen sehen, aus dem Nis uns jeden Tag so täuschend vergnügt entgegenkam. ›Besonders abends wird es schrecklich sein‹, sagte ich gerade, als Nis plötzlich hinter uns stand und sich auf die Unterlippe biß. Er sah schuldbewußt zu Boden und schwieg. Er hätte uns wegjagen, anschreien müssen, meinen Sie nicht? Wir sagten eine Menge Entschuldigungen daher, aber er schien sie gar nicht zu hören. Er schnitt uns einige Kohlrabis ab und verabschiedete sich schnell.«

Sie sahen mich nicht weniger argwöhnisch an als vorher. Das war offenbar kein Schluß, den sie durchgehen ließen. Es fehlte ihnen etwas, eine Art Gegenstück vermutlich, eine Entsprechung, ich wußte nicht, ein Gleichgewicht, eine Reaktion oder wenigstens eine Schlußfolgerung, ein erklärendes Resumé. Ja, ich erinnere mich, ich brauchte mir jetzt gar nicht ihre auffordernd nach vorne gereckten Kinnspitzen anzusehen. Auch wir wollten damals auf eine Fortsetzung nicht verzichten, wir spürten ja selbst, daß irgendeine Geste notwendig sein würde, eine Initiative, nicht nur um die Beschämung, die wir Nis zugefügt hatten, wiedergutzumachen. Es handelte sich um einen atmosphärischen Zwang, um das Bedürfnis, eine vorgeschriebene Bewegung auszuführen. Die Akademikerin allerdings nannte es Schlachtplan. Sie entwickelte nach unserem Besuch, als sei das nun unzweifelbar ihre Pflicht, eine Strategie. Ja, sie war richtig in Hochstimmung geraten angesichts ihrer nun so offensichtlich notwendigen Aufgabe, Nis zu retten. Sie hatte den erlösenden Anstoß erhalten und obendrein eine Idee. Plötzlich sah sie über die

Gegenwart hinaus, mit einer genauen Vorstellung, wie sich alles mit Nis zu fügen habe. Nis ließ sich treiben, freundlich und teilnahmslos, er lebte ins Blaue hinein, ohne Interesse dafür, wie es mit ihm weitergehen sollte, sie dagegen fühlte sich auf einmal stark genug, ihm für sein Leben eine Zukunft auszudenken. Also weiter:

»Kurz darauf luden wir Nis zum Abendessen ein. Er war noch nie länger bei uns geblieben. Die Ärztin legte Wert darauf, daß es eine warme Mahlzeit gab. Sie wollte ihn ganz sanft locken mit gutem Essen und Schnaps, bis er sich in der Verfassung befand, wo sie ihn übertölpeln konnte. Sie würde ihn dann schütteln wie ein kleines Kind und ihm ins Gewissen reden zu seinem Besten, damit er wieder begriff, was er sich als Mensch schuldig war, nämlich einen Spezialisten, den Verzicht auf seine Pfeife, regelmäßiges Essen, eine aufgeräumte Wohnung, außerdem die Forderung nach angemessener Bezahlung für seine Dienste im Dorf. Typisch, nicht wahr? Sie wußte aus ihrem Beruf, wie man Trotz brechen und überlisten muß. Sie hatte vor, von Nis an diesem Abend eine Einladung seinerseits zu erpressen. Dann nämlich bliebe ihm gar nichts anderes übrig, als sein Zimmer instand zu setzen. Als sie es uns ausmalte, stellte ich mir schon vor, wie er sich winden würde unter ihrem grauen Blick, hypnotisiert von ihrem disziplinierten, strengen Frauengesicht. Seine Wohnung war so hoffnungslos in Dreck versunken, daß er, um vor ihren Augen Gnade zu finden, ein neues Haus hätte bauen müssen. Es begann ausgesprochen lächerlich. Auf dem Tisch stand, neben Kerzen und einem Blumenstrauß, wie ein mahnendes Ausrufezeichen eine Schüssel mit heißem Kartoffelsalat, in einem blödsinnigen Muster, mit Tomaten und Eistückchen verziert, dazu Radieschen, die aussehen sollten wie Blüten. Sie kennen das! Nis wurde fremd und feierlich empfangen. Als er den Salat sah, brach er in ein fröhliches Gelächter aus, doch die Ärztin, als wolle sie jeden Leichtsinn in Grenzen halten, unterbrach ihn, indem sie behauptete, wir beiden Mädchen hätten uns seinetwegen so große Mühe gegeben. Sie log, und Nis zog das Lachen zurück, straffte sich, saß ganz gerade auf seinem Stuhl, stützte die Ellenbogen leicht auf und faltete die Hände. Seine Fingernägel waren tadellos sauber, meine Güte! Ich hielt es für ein schlechtes Zeichen. Es gab Frikadellen, und die Ärztin sagte gleich: ›Nis, davon haben wir eine Menge gemacht, die können Sie sich mitnehmen und morgen aufwärmen!‹ Sie ging aufs Ganze. Noch nie hatten wir uns so lahm mit Nis unterhalten wie an diesem Abend. Er bedankte sich immerfort für irgend etwas mit gezierter Höflichkeit. Nach dem Essen holte er seine goldene Uhr raus, zog in gespieltem Erstaunen die Augenbrauen hoch und behauptete, er müsse nun wirklich gehen. Es gehörte nicht viel dazu, um ihm anzusehen, wie gern er das getan hätte. Natürlich überredete die Frau ihn mühelos, zu bleiben. Er war ein Idiot. Hielt er es denn für nötig, sie so schüchtern zu bitten, sich seine Pfeife anzünden zu dürfen? Es gab Kaffee und Schnaps. Die Ärztin goß sich einen kleinen Spritzer Alkohol in die Tasse. Nis schüttete sie einen kräftigen Schluck dazu. Der Schnaps allerdings stellte sich als wahrer Segen heraus. Nis hatte nicht viel gegessen, die Ärztin trank selten und war also hochprozentigen Alkohol wie diesen nicht gewöhnt. Da sie ihn aber einlullen wollte, mußte sie mithalten. Die beiden gerieten bald in eine vergnügte Stimmung. Nis ließ die Finger über den Tisch tanzen und sang schwedische und dänische Lieder vor. Bei den deutschen tat er uns den Gefallen, sie schlecht zu singen, so daß wir helfen mußten. Während er lernte, zeigte er wieder seinen alten Charme, und ich dachte, er müsse doch das Herz der Frau erweichen, begriff sie tatsächlich nicht, wie er auf seine Art ganz glücklich war? An einigen Bemerkungen, die sie zwischendurch von sich gab, wurde deutlich: Sie verlor ihr Ziel keine Sekunde aus den Augen! Sie pirschte sich heran und machte ihre Sache so gut, daß Nis ihrer scheinbaren Ausgelassenheit, die ihr graues Gesicht komisch verzerrte, arglos folgte. Und doch, sehen Sie, ich traute ihm nicht ganz. Vielleicht lenkte er absichtlich ein, um sie in Sicherheit zu wiegen? Ja, je häufiger sie in die Nähe ihrer Absichten rückte, desto liebenswürdiger und naiver zeigte ihr Nis die kalte Schulter, und als ihre Miene grimmig wurde gegenüber so viel unbezwinglicher Einfalt, strahlte er sie nur an. Sie mußte das Thema vorläufig fallenlassen. Entschlüpfte er ihr? Es war noch zu früh, alles auf eine Karte zu setzen. Sie brach eine zweite Flasche an, verbarg aber jetzt ihren Zorn nur noch schlecht. Nis saß in seinem Stuhl und lächelte glücklich. Die Sonne ging unter, durch das halbgeöffnete Fenster drängte voller Wucht der Geruch des Meeres. Ich ließ einen Teller fallen. Nis erschrak außerordentlich. Er mußte mit seinen Gedanken weit weg gewesen sein. Die Ärztin sah beunruhigt sein ernüchtertes Gesicht. Wie soll ich sagen? Es wirkte müde und erwachsen wie niemals zuvor. Er fuhr sich mit der Hand über die Augen und trank den Schnaps, den die Frau schnell in sein Glas geschüttet hatte, um ihn mit Kaffee aufzufüllen, in einem Schluck aus. Er lächelte wieder, war von uns abgerückt und ihr unerreichbar, solange sie ihn nicht aus dieser sanften Gleichgültigkeit uns gegenüber weckte. Er sprach nicht mehr, er schien uns vergessen zu haben, nur gelegentlich nickte er, sicher ohne zu wissen, welcher Sache er da gerade zustimmte. Da legte sie ihre Hand auf seine, klopfte locker auf sein Handgelenk und sagte, es sei wohl sein schlimmer Husten, der ihn so schwäche, daß er dies bißchen Schnaps nicht vertrage. Sie erwarte, daß er sich schon morgen mit ihrer Hilfe um einen Arzt kümmere, alles Weitere wolle sie bei einem Gegenbesuch besprechen. Sie formulierte ihre Anordnung mit der erfahrenen Brutalität eines Mediziners bei einem willenlosen Patienten. Es war dunkel im Zimmer. Nis zeigte sich nicht im geringsten verletzt, aufgebracht oder eingeschüchtert. Er hatte sie offenbar gar nicht gehört. Vielleicht auch bedeuteten ihm ihre Worte so wenig wie alle anderen? Und nun passen Sie auf! Er sagte, er wolle von seiner Frau erzählen! Das war keine Antwort. Wir alle zuckten im voraus zusammen, keiner ermunterte ihn. Seine Eltern, beide Schweden, seien früh gestorben. Er habe dies und das gelernt, verstand sich auf verschiedenes, schlängelte sich so durch. Als junger Mann machte er sich auf die Wanderschaft und lernte in Deutschland seine spätere Frau kennen. Sie muß für seinen Geschmack sehr schön gewesen sein und eine große Macht auf ihn ausgeübt haben. Sie zogen nach Dänemark. Dort brachte sie Nis dazu, ein Handwerk zu lernen, er wurde Schreiner. Er lachte. Sie war so hübsch, so zierlich! Sie hätten viel getanzt, kein Fest versäumt, er konnte sie durch die Luft wirbeln, sie gab ihm Kraft zum Durchhalten an diesem einen Ort. Das wurde ja eine fröhliche Geschichte! Er sprach ganz heiter, machte uns die Schritte der Tänze vor, summte Schlager, trieb es schließlich zu wild, verschluckte sich, röchelte. Er krümmte sich in seiner Jacke, die Kette hüpfte lustig über das polierte Tischholz. Er spuckte etwas in sein Taschentuch und beugte sich tief zu seinen Knien hinunter. Als er den Kopf hob, als er sich aufrichtete, liefen breite rote Ringe um seine Augen. Er wollte weitermachen, aber aus seinem Mund sprang ein entsetzlicher Ton, er preßte die Hand gegen seine Brust. Das komme davon, wenn ein so alter Esel noch tanzen wolle, sagte er endlich. Wir konnten uns nicht länger verstellen. Er gab auf. Mit dem Vergnügen, sagte er, sei es ohnehin eines Tages zu Ende gewesen. Seine Frau war ja Deutsche, und obschon sie nie politisch interessiert gewesen sei und sie beide längst dänische Staatsangehörigkeit gehabt hatten, nahm sie plötzlich mit einer Leidenschaft am Schicksal, wie sie es nannte, ihres ehemaligen Vaterlandes teil – der 2. Weltkrieg war im Gange –, der Nis nur ratlos und traurig zusehen konnte. Ihr Fanatismus drängte ihn immer entschiedener beiseite. Sie begann ihn zu verachten, weil er nicht für Deutschland kämpfte, als eine Art

Minnedienst, nicht wahr, den er ihr verweigerte. Sie wütete gegen ihn bei jeder Niederlage, verhöhnte ihn bei Siegen der deutschen Truppen. Für ihn war das alles ein unbegreifliches Schauspiel, das sein Leben zerstörte. Hinzu kam, daß sie aus irgendeinem Grund immer dicker wurde, ihr graziler Körper verwandelte sich in einen Koloß. Die endgültige Katastrophe fiel mit dem Selbstmord Hitlers zusammen. Als sie die Nachricht hörte, rannte sie fort, ohne ein Wort zu sagen. Man fand sie wild schreiend auf dem Friedhof, am Grab eines Deutschen. Sie wurde in eine Nervenheilanstalt eingeliefert, in einem weißen Nachthemd über dem unförmigen Leib. Er sprach schnell, jetzt lachte er fast vor Verlegenheit. Es war eine schöne Irrenanstalt, berühmt, mit Wasser drum herum, ein Schloß beinahe. Sie empfing ihn sanftmütig und trotz ihres Fettes mit zierlichen Schritten. Jetzt, verriet sie ihm, sei sie eine Hofdame und sehr reich. Hier lägen die Edelsteine im Garten herum, sie habe einen Schatz gesammelt. Hastig schleppte sie ihn an ihr Bett, schrie plötzlich auf, zerriß das Oberbett, hatte Schaum vor dem Mund, ein tobendes Ungeheuer im weißen Nachthemd. Für Nis, sehen Sie, der voller Hoffnung gekommen war, wiederholte sich das Drama. Als er sie berühren wollte, zerfetzte sie seine Jacke und ohrfeigte ihn. Nis wurde aus der Gefahrenzone geführt, eine kräftige Wärterin brachte die Frau mit einigen wenigen Griffen zur Ruhe. Sie lag gebändigt und schluchzend auf der Matratze. Man erklärte Nis, sie halte die Steine für Juwelen, mit denen sie regelmäßig das Bett vollstopfe, eine lästige, aber harmlose Manie. Abgesehen davon sei sie gesund und könne bei einem geduldigen Ehemann durchaus leben. Ja, fragte die Ärztin, wann er sie denn dann zum letzten Mal besucht habe, was denn passiert sei? Es sei das letzte Mal gewesen, antwortete Nis gehorsam. Sie seufzte mit schrägem Kopf: Ah, wie leid es ihr tue, alles hätte sich zum Guten wenden können, und gerade da ... Dieses Ende! Niemand erwartete noch etwas. Aber dann zwang uns Nis durch ein kurzes, dröhnendes Geräusch, ihn anzusehen. Er hatte sich die Faust vor die Augen geschlagen und saß zusammengekrümmt vor uns. Laut sagte er dann: Das Ende? Nein, sie sei nicht plötzlich gestorben, sie lebe noch. Er sei nur nicht mehr dagewesen. Er sei nie mehr da gewesen.«

Die meisten der Anwesenden schoben an dieser Stelle die Hand über den Mund, die anderen wiegten leise den Kopf hin und her. Diesen Schluß erkannten sie an. Jetzt sackten ihnen die Schultern beim Aufatmen, und sie verlangten nichts mehr. Jetzt sprach alles für sich! Mit der Ärztin, sagte ich mir daraufhin, als ich sie so zufriedengestellt dasitzen sah, war es nicht anders. Sie schwieg, sie ließ Nis in seiner Haltung hocken. Er schwang sich schließlich auf sein Rad und fuhr mit zappelnden Bewegungen in die Dunkelheit, die unerträglich schwül nach Tieren und Sommer roch. Er schien einen Augenblick zu zögern, aber niemand hielt ihn auf, als wäre sein Abgang, so schwarz auf dem unbeleuchteten Rad in die Finsternis, für alle die unübertreffliche Lösung. Er hustete noch einmal, dann war er verschwunden. An den nächsten Tagen kaufte die Ärztin wieder spottbilliges Gemüse bei ihm, bezahlte und ging. Keine Vorwürfe, keine Ermahnungen. Alles geschah beinahe lautlos, wie auf Zehenspitzen. Ja, natürlich, wir wollten bei dem Schluß des Vorabends bleiben, und wie tief und bedeutungsvoll hatte uns die Ärztin nach seinem einsamen Davonradeln in die Augen gesehen, mit welch glänzendem Blick!

Nachbemerkung

Da, plötzlich – möchte man einen charakteristischen Kronauer-Anfang plagiieren – war eine fertige Schriftstellerin auf den Plan getreten: 1980, als ihr erster Roman *Frau Mühlenbeck im Gehäus* erschien, ein Buch von klarster, transparenter Struktur und feingliedriger sprachlicher Gestaltung. Ein literarisches Naturphänomen? Man staunte. Dabei hatte die Autorin seit 1974 in kleinen, selbstverantworteten Editionen drei Bände mit meist kurzen Texten (»Erzählungen« stand naturgemäß nicht im Untertitel) herausgebracht und damit ein Werk im Entstehen sehen lassen, das nichts vorläufig Tastendes, sondern eine geradezu provozierende Stringenz zeigte. Die drei Bände mit den merkwürdig ›unliterarischen‹ Titeln *Der unvermeidliche Gang der Dinge* (Ibnassus-Presse, Göttingen 1974), *Die Revolution der Nachahmung* (Verlag Bernd Schlender, Göttingen 1975) und *Vom Umgang mit der Natur* (Dreibein Verlag, Hamburg 1977) wurden zwar, ungewöhnlicherweise, mit einigen Besprechungen in großen Zeitungen bedacht, aber solche einzelnen Hinweise und Beleuchtungen genügen in der literarischen Öffentlichkeit nicht, um Aufmerksamkeit zu erregen. Vier Geschichten aus dem letztgenannten Band, die vorab in dem von Nicolas Born und Jürgen Manthey herausgegebenen Rowohlt Literaturmagazin 8 erschienen, und ein Hinweis von Helmut Heißenbüttel waren es, die zu ihrem ersten Buch bei Klett-Cotta führten, dem Roman *Frau Mühlenbeck im Gehäus*, der die Autorin ›mit einem Schlag‹ in der literarischen Welt bekannt machte.

Aber wurde sie anfangs nicht als Sensibilissima bestaunt und mißverstanden? Daß die übernervös wach registrierende Ich-Erzählerin in dem Roman eine junge Frau war, deren Wahrnehmungsgenauigkeit geradezu unheimlich wirkte, mochte zu diesem Eindruck führen. Dem damaligen Lektor jedenfalls verschlug die *nervose* Kräftigkeit der Sprache, deren Gespanntheit und Lebendigkeit sich ganz unmittelbar mitteilten, den Atem.

Unübersehbar war, daß in dem Roman etwas entfaltet und erzählt wurde, was mit den seit den siebziger Jahren so vertrauten Mustern des Schreibens wenig zu schaffen hatte: eine in der Sprache selbst hervortretende Dringlichkeit, die nicht aus der Bedeutung eines angepackten und verhandelten ›Problems‹ oder ›großen Stoffs‹ stammte, ein Vertrauen auf die Sprache als den Ort der Literatur.

Was damals nicht gleich zu sehen war: In dem Roman, formal fast unerbittlich streng durchkomponiert, ist die Bewegkraft ihrer drei ersten Bücher –

die konstruktive Abwehr überkommener und verfestigter Erzählmuster in Literatur *und* Leben – aufgenommen und in eine entwickelte Romangeschichte überführt, mit Frau Mühlenbeck und der Ich-Erzählerin als zwei antagonistischen Gestalten. Wobei nicht die Empfindungswelt der jungen Frau den Titel lieferte, sondern die bis zum Gespenstischen perfekte Erzählerin im Gehäus ihrer Lebenserklärungs- und Dramatisierungsmuster.
Daß Brigitte Kronauer mit diesem Roman als fertige Autorin auftrat, hatte seinen Grund also darin, daß ihre vorausgegangenen Bücher, bereits im Gestus von Umschlagmotiv und Klappentext, Proklamationen waren und kein Einüben in Tonlagen und atmosphärische Stimmungen, kein Abarbeiten autobiographischen Stoffs, vielmehr notwendige Schritte, die direkt zum Kern ihrer Literatur führten. Es ging darum, wie sie in ruppiger Knappheit im Nachwort zu ihrem Band mit Erzählungen *Die Wiese* (Reclam, 1993) schrieb, »Kritik an der konventionellen Geschichte und mein ungehörig andauerndes Interesse an ihr unter einen Hut zu bringen«.
Von Anfang an war Brigitte Kronauer vom Geschichtenerzählen fasziniert, quasi wider Willen und doch gewiß nicht contre cœur: »Die Herausforderung und Notwendigkeit, in Gleichzeitigkei-

ten, Gleichwertigkeiten zu denken, zwischen ihnen möglichst geschmeidig hin und her zu wechseln wie zwischen Vorder- und Rückenansicht, die sich, nebeneinandergestellt, zu widersprechen scheinen, ist mir am frühesten in meinem Verhältnis zur Literatur klar geworden. Auf der einen Seite empfand ich ›richtige‹ Geschichten mit dem Ritual von Anfang, Höhepunkt, Ende, und das alles möglichst atemberaubend, als höchstes der Vergnügen, spürte jedoch bald, wie anders das wirkliche, tägliche Leben war, von dem zu erzählen sie vortäuschten, nämlich ohne fest markierten Beginn und Schluß, ohne psychologisch scharf umrissene Personen, ohne eindeutige Klimax usw. Als heranwachsende Schriftstellerin wollte ich dem Zweifel der Moderne an der Rezeptur von Geschichten, zu denen man Erlebnisse aufbereitete – ein Zweifel, der bedrängend mein eigener war –, Genüge tun, aber auch vom Zauber der klassischen Erzählkonstruktion nicht für immer lassen. Der Sog der literarischen Muster, die ich suchte, denen ich partiell mit Haut und Haaren verfiel und die die Ungereimtheiten des eigenen Lebens zu beseitigen schienen, stieß mich zugleich wiederum als fremde Bemächtigung, als Beschneiden meiner eigenen Lebensofferten ab. Es entstand eine produktive und destruktive Haß-Liebe zur Literatur, ohne die mein eigenes Schreiben nicht denkbar ist.« So pointierte Brigitte Kronauer in einem Aufsatz in der Zeitschrift »drehpunkt« (Nr. 117, 2003) ihr frühes Angezogen- und Abgestoßensein von den elementaren Mustern des Erzählens.

Sichtlich aus dieser Epoche stammt die dritte der von der Autorin hier zusammengestellten drei Erzählungen, »Nis«, zwanzig Jahre vor den beiden anderen Geschichten entstanden und zuerst in dem 1977 veröffentlichten Band *Vom Umgang mit der Natur* erschienen. Am denkbar harmlosesten, alltäglichsten Gegenstand – einer Ferienanekdote – vollzieht darin die Ich-Erzählerin, erschrocken und begeistert in einem, das elementare Baumuster des Eine-Geschichte-Erzählens; eine Struktur, die eben keine einfache Naturgegebenheit ist, sondern Konstruktion und Setzung.

Eine bewußte – und damit manche eher auf unmittelbare Einfühlung bedachte Leser befremdende – Baumeisterin ist Brigitte Kronauer in ihrem gesamten erzählerischen Werk geblieben. Auch ihre Plötzlichkeits-Anfänge (»Da, damals die kleine alte Frau im grellen Gras: was für Knöchelchen!«, beginnt ihr Roman *Rita Münster*, und die Anfänge ihrer beiden letzten Romane, *Teufelsbrück* und *Verlangen nach Musik und Gebirge*, überrumpeln den Leser ebenfalls aufs schönste) sind kein atmosphärisches, sondern ein konstruktives Merkmal. Aber in ihren späteren Erzählungen und Romanen hat sie die für ihr Schreiben fundamentale Konstruktion unter die schimmernde Oberfläche verlegt.

Nicht ganz und überall freilich: In »Frau Melanie, Frau Martha und Frau Gertrud« heißt es z.B. auf Seite 20 unvermittelt: »Ich bin mir plötzlich nicht sicher, wer von den drei Witwen Eigentümer dieses Gedankens ist. Alle drei?« Offenkundig also, daß es erst das sprechende Ich ist, das die drei Frauen, die einander nicht kennen, zusammenführt, einen Kreis um sie schlägt, ein »Gebäude individueller oder adoptierter Zusammenhänge und Schlüssigkeiten« errichtet, wie Brigitte Kronauer einmal über »das Ich der Erzählungen, die zentrale Person«, schrieb (Nachwort zu *Die Wiese*). Die in der allgemeinen Sicht wohl ganz unscheinbaren drei Frauen nehmen unter ihrem Blick Gestalt an, sie treten hervor, zeigen ihr »Seelenpanier«. Gegen Ende ist vielsagend von ihren »Wahrzeichen« die Rede – werden die drei Frauen in all ihrer »kompakten, glockenförmigen Fleischlichkeit« unter dem Blick der Erzählerin nicht zu einer Art unbekannten Heiligengestalten, »körperlich, aber im Geiste« wie Schnitzfiguren in gotischen Domen? Und doch bleiben sie zugleich die robusten Frauen mit ihren deutschen Namen und ihren »in eine feste Form gegossenen Busenvorsprüngen«.

»Frau Melanie, Frau Martha und Frau Gertrud« zeigt und variiert eine Erzählsituation, wie sie bei Brigitte Kronauer seit den frühen Texten immer wieder zu finden ist: Eine Ich-Erzählerin schaut gebannt auf eine ältere Frau; sie kann deren Zuhörerin sein wie etwa in *Frau Mühlenbeck im Gehäus* oder auch ihr etwas erzählen wie z.B. in der wunderbar dichten Erzählung »Die Frau in den Kissen« (nicht zu verwechseln mit dem gleichnamigen Roman). In beiden Fällen, im Erzählen und im Zuhören, ist die Ich-Erzählerin auf eine Weise mit ihrem Gegenüber verbunden, die die konkrete Situation weit übersteigt; sie ist zugleich ganz bei sich und sich selbst verloren.

Eine Stimme, wie losgelöst von ihrem Träger, ins Blaue hinein sprechend und doch auf ein Gegenüber zielend, hört man gegen Ende der Erzählung »Zazzera«. Die Stimme gehört dem betont prosaisch benannten Herrn Kaempf; denn ist es auch die »Segens- und Zaubermacht Zazzeras« (wie die der rätselhaften Zara in dem Roman *Teufelsbrück*), »die Dinge in vorbestimmte, märchenhafte Muster gleiten zu lassen«, und sind es auch die »unfehlbaren zazzeranischen Lenkungskräfte«, die so wohltuend sind, dann ist es doch Herrn Kaempf und seinem Einwurf aus einer anderen Wirklichkeitsschicht vorbehalten, einen Ausgleich?, eine Vermittlung? von Emphase und kalter Ernüchterung zu versuchen, das Nebeneinander und Zugleich nicht aus der Wahrnehmung zu verbannen – und damit nicht aus der Literatur.

Was die drei hier vorliegenden, jeweils in einem erzählenden oder sprechenden Ich fokussierten Erzählungen verbindet, ist ein Insistieren auf der Uneindeutigkeit der ursprünglichen Lebensphänomene, der *Zweideutigkeit*, der Brigitte Kronauer 2002 einen umfangreichen Essayband gewidmet hat. Zweideutig – daher erst das Auf und Ab der Erzählkurve – ist ja bereits die Mimik, sind Anblick und Verhalten von Nis in der komisch-dramatischen Kaffeetisch-Erzählung.

»Frau Melanie, Frau Martha und Frau Gertrud« und »Zazzera« bilden den Auftakt zu dem 1996 erschienenen Band *Die Einöde und ihr Prophet* mit dem Untertitel »Über Menschen und Bilder«. Dieser Band, der aus Erzählungen und Essays zusammengesetzt ist, umkreist in unterschiedlicher Weise das für die Lebenswahrnehmung wie die Kunst gleichermaßen zentrale Phänomen der Gestalt; die – und das *erzählen* diese beiden ersten Geschichten – eben nicht in einer ein für allemal festen und widerspruchsfreien Form zu bannen ist. In »Zazzera« wird das mit dem Wort »Ausatmen« angedeutet, dem notwendigerweise ein Einatmen entspricht. Anspannung, Auflehnung gegen das aus der Form fallende Fleisch, gegen das sich entziehende Leben bei den drei alten Frauen, Zusammenpressen von Lebenslinien zwischen den Meeresfelswänden von Zazzera auf der einen Seite und auf der anderen Seite die in sich ambivalente Neigung zur Auflösung: ließe sich so das gemeinsame Motiv der beiden Erzählungen benennen? Auf konzentrierte, bis ins Feinste differenzierte Widersprüchlichkeit und Gegenläufigkeit, auf Ambivalenz also, ist das Erzählen angelegt; aber als Form gewordenes Erzählen geht es gegen die »tranige Gestaltlosigkeit« an, von der die Ich-Erzählerin an einem bestimmten Punkt in dem sonst todsicher belebenden Zazzera erfaßt ist.

Dem dienen alle Tricks und Kniffe des Erzählens, deren diese Autorin sich von Anfang an so bewußt war, die sie reflektiert hat in den wütend programmatischen Frühtexten und ihrem ersten Roman *Frau Mühlenbeck im Gehäus* und die sie mit, wie es scheint, zunehmendem Vergnügen auch in komischer Weise anzuwenden versteht, wie z.B. in den *Schnurrer*-Erzählungen und dem zuletzt erschienenen Divertimento *Die Tricks der Diva* (Reclam, 2004).

Man hat von der »Abwesenheit erzählerischer Dummheit« bei Brigitte Kronauer gesprochen: was für eine zierliche Untertreibung! Zeigt doch gerade ihr entschlossener Verzicht auf jede essayistische Hin-und-Herwendung ›bedeutender‹ Fragen in ihren Romanen und Erzählungen einen hohen Grad erzähltechnischer Bewußtheit. Und was manchmal getrennt wahrgenommen wird – die Klugheit ihrer Romankonstruktionen und ihr fast zaubrisches Vermögen, die deutsche – gegenwärtige! – Sprache zum Glänzen, Vibrieren zu bringen, gehört unter diesen selben Hut wachster poetischer Reflexion.

Die schönsten Begriffe für ihr Erzählen finden sich übrigens in den erzählenden Texten selbst; »versiegelt im leuchtendsten Augenblick« ist so eine Fügung, die ihr Schreiben spiegelt. So sei zum Schluß erlaubt, die letzten drei Worte von »Frau Melanie, Frau Martha und Frau Gertrud« auf ihre eigene Prosa anzuwenden: »zart, ehern, sich aufschwingend«. Allerdings nur, wenn man »zart« nicht als unvereinbar mit »prall« und »deutlich« mißversteht, zwei Wörtern, die in ihren Texten oft an markanten Stellen stehen (deutlich und prall wie Dinge und Menschen in Bildern von Dieter Asmus, dem sie einen Aufsatz in *Die Einöde und ihr Prophet* gewidmet hat). Und »ehern« müßte dann verstanden werden als notwendig komplementär zu schmelzend, sich verflüssigend; und schließlich, in der Gefahr der Musterzwangserfüllung, »sich aufschwingend« als der andere Zustand zu handfest realistisch, drastisch.

Ein Aufschwingen und der Durchgang durch unerschrockensten Realismus bilden, kurz gesagt, die beiden Pole des Erzählens bei Brigitte Kronauer. Sie selbst hat immer wieder auf dieses Programm hingewiesen, so in ihrem Aufsatz über Jean Paul, »Die Lerche in der Luft und im Nest« (in dem Essayband *Literatur und schöns Blümelein* von 1995):

»Der eigentliche Realist, der also, der nicht abläßt von der phantastischen Anmaßung, Herz und Extremitäten beobachteter und vermuteter Wirklichkeit zumindest in einer exemplarischen Abkürzung darzustellen, muß abwechselnd Ekstatiker und Spötter, Idylliker und Verzweifelter sein. In seinem Interesse an der Vielgestaltigkeit der Welt ist ihm die ausschließlich auf Trivialität oder Erhabenheit fixierte Perspektive ein unzulässiger Verkleinerungsversuch gegenüber einem unendlichen Universum.«

Brigitte Kronauers Seelenverwandtschaft mit der deutschen Romantik ist spätestens anläßlich ihres Romans *Teufelsbrück* bemerkt worden, sie hat sie in eigenen Aufsätzen und in ihren literarischen Texten auch nicht verhehlt. Und wie in der Romantik (und natürlich ganz anders als in ihr) ist das Erzählen in seinen Momenten konkretester Poesie bei ihr tatsächlich immer zugleich eine Art Poetologie. Kommt es daher, daß sie von manchen als eine womöglich ›Schwierige‹, womöglich ›allzu bewußt‹ Schreibende gefürchtet wird? Schaut man aber auf das Werk von sieben Romanen, fünfeinhalb Bänden mit Erzählungen, viereinhalb Bänden mit Aufsätzen und Essays (der Band *Die Einöde und ihr Prophet* ist der Fiftyfifty-Band), das diese Schriftstellerin in einem Vierteljahrhundert vorgelegt hat (und alle diese Bücher sind Fortentwicklungen, Erweiterungen, Differenzierungen eines in sich schlüssigen und aus einem Kern wachsenden Werks), spürt man die Lust, mit der sie der lebendigen, heutigen Sprache ihre schönsten Findungen abgewinnt, und liest man, wie umstandslos sie in ihren Aufsätzen und Essays zur Sache kommt: drängt sich dann nicht die Überzeugung auf, daß Brigitte Kronauer unter den gegenwärtigen deutschsprachigen Schriftstellern in Wahrheit – eine Kraftnatur ist?

Jürgen Dormagen

Inhalt

Bibliothek Suhrkamp

Verzeichnis der letzten Nummern

1179 Peter Bichsel, Zur Stadt Paris
1180 Zbigniew Herbert, Der Tulpen bitterer Duft
1181 Martin Walser, Ohne einander
1182 Jean Paulhan, Der beflissene Soldat
1185 Marcel Proust, Eine Liebe Swanns
1187 Juan Goytisolo, Rückforderung des Conde don Julián
1188 Adolfo Bioy Casares, Abenteuer eines Fotografen
1189 Cees Nooteboom, Der Buddha hinter dem Bretterzaun
1191 Paul Valéry, Monsieur Teste
1192 Harry Mulisch, Das steinerne Brautbett
1193 John Cage, Silence
1194 Antonia S. Byatt, Zucker
1197 Claude Lévi-Strauss, Mythos und Bedeutung
1198 Tschingis Aitmatow, Der weiße Dampfer
1199 Gertrud Kolmar, Susanna
1200 Octavio Paz, Die doppelte Flamme, Liebe und Erotik
1202 Gesualdo Bufalino, Klare Verhältnisse
1203 Friedrich Dürrenmatt, Die Ehe des Herrn Mississippi
1204 Alexej Remisow, Die Geräusche der Stadt
1205 Ambrose Bierce, Mein Lieblingsmord
1206 Amos Oz, Herr Levi
1208 Wolfgang Koeppen, Ich bin gern in Venedig warum
1209 Hugo Claus, Jakobs Verlangen
1211 Samuel Beckett, Das letzte Band/Krapp's Last Tape/La dernière bande
1213 Louis Aragon, Der Pariser Bauer
1214 Michel Foucault, Die Hoffräulein
1215 Gertrude Stein, Zarte Knöpfe/Tender Buttons
1216 Hans Mayer, Reden über Deutschland
1217 Alvaro Cunqueiro, Die Chroniken des Kantors
1218 Inger Christensen, Das gemalte Zimmer
1219 Peter Weiss, Das Gespräch der drei Gehenden
1221 Sylvia Plath, Die Glasglocke
1222 Martin Walser, Selbstbewußtsein und Ironie
1223 Cees Nooteboom, Das Gesicht des Auges/Het gezicht van het oog
1224 Samuel Beckett, Endspiel/Fin de partie/Endgame
1225 Bernard Shaw, Die wundersame Rache
1226 Else Lasker-Schüler, Der Prinz von Theben
1227 Cesare Pavese, Die einsamen Frauen
1228 Zbigniew Herbert, Stilleben mit Kandare
1230 Peter Handke, Phantasien der Wiederholung
1231 John Updike, Der weite Weg zu zweit
1232 Georges Simenon, Der Mörder
1233 Jürgen Habermas, Vom sinnlichen Eindruck zum symbolischen Ausdruck
1234 Clarice Lispector, Wo warst du in der Nacht
1235 Joseph Conrad, Falk
1237 Virginia Woolf, Die Wellen

1238 Cesare Pavese, Der schöne Sommer
1239 Franz Kafka, Betrachtung
1240 Lawrence Durrell, Das Lächeln des Tao
1241 Bohumil Hrabal, Ein Heft ungeteilter Aufmerksamkeit
1242 Erhart Kästner, Die Lerchenschule
1243 Eduardo Mendoza, Das Jahr der Sintflut
1244 Karl Kraus, Die Sprache
1245 Annette Kolb, Daphne Herbst
1246 Giuseppe Tomasi di Lampedusa, Die Sirene
1247 Marieluise Fleißer, Die List
1248 Sadeq Hedayat, Die blinde Eule
1250 Paul Celan, Schneepart
1251 György Dalos, Die Beschneidung
1252 René Depestre, Hadriana in all meinen Träumen
1253 Jurek Becker, Bronsteins Kinder
1255 Cesare Pavese, Der Teufel auf den Hügeln
1256 Hans Magnus Enzensberger, Kiosk
1257 Paul Bowles, Zu fern der Heimat
1258 Adolfo Bioy Casares, Ein schwankender Champion
1259 Anna Maria Jokl, Essenzen
1261 Giuseppe Ungaretti, Das verheißene Land/La terra promessa
1262 Juan Carlos Onetti, Magda
1263 Hans Blumenberg, Schiffbruch mit Zuschauer
1264 Hermann Lenz, Die Augen eines Dieners
1265 Hans Erich Nossack, Um es kurz zu machen
1266 Joseph Brodsky, Haltestelle in der Wüste
1267 Mário de Sá-Carneiro, Lúcios Bekenntnis
1268 Gerhard Meier, Land der Winde
1269 Gershom Scholem, Judaica 6
1270 Rafael Alberti, Der verlorene Hain
1271 Bertolt Brecht, Furcht und Elend des III. Reiches
1272 Thomas Wolfe, Der verlorene Knabe
1273 E. M. Cioran, Leidenschaftlicher Leitfaden
1274 Bertolt Brecht, Flüchtlingsgespräche
1275 Else Lasker-Schüler, In Theben geboren
1276 Samuel Joseph Agnon, Buch der Taten
1277 Volker Braun, Die unvollendete Geschichte und ihr Ende
1278 Jan Jacob Slauerhoff, Christus in Guadalajara
1279 Yasushi Inoue, Shirobamba
1280 Gertrud von le Fort, Das fremde Kind
1281 György Konrád, Heimkehr
1282 Peter Bichsel, Der Busant
1284 Carlos Fuentes, Der alte Gringo
1285 Peter Rühmkorf, Lethe mit Schuß
1286 Cees Nooteboom, Der Ritter ist gestorben
1287 Christopher Isherwood, Praterveilchen
1288 Ernst Weiß, Jarmila
1289 Vladimir Nabokov, Pnin
1291 Rainer Maria Rilke, Mitten im Lesen schreib ich Dir
1292 Robert Graves, Der Schrei

1293 S.J. Agnon, Liebe und Trennung
1295 Inger Christensen, Das Schmetterlingstal
1296 Rosario Castellanos, Die Tugend der Frauen von Comitán
1297 Marcel Proust, Freuden und Tage
1298 Weniamin Kawerin, Vor dem Spiegel
1299 Juan Carlos Onetti, Wenn es nicht mehr wichtig ist
1300 Peter Handke, Drei Versuche
1301 Hans Henny Jahnn, 13 nicht geheure Geschichten
1302 Claude Simon, Die Akazie
1303 Hans Blumenberg, Begriffe in Geschichten
1304 Friederike Mayröcker, Benachbarte Metalle
1305 S.Yishar, Ein arabisches Dorf
1306 Paul Valéry, Leonardo da Vinci
1307 Ernst Weiß, Der Augenzeuge
1308 Octavio Paz, Im Lichte Indiens
1309 Gertrud Kolmar, Welten
1310 Alberto Savinio, Tragödie der Kindheit
1311 Zbigniew Herbert, Opfer der Könige
1312 Edoardo Sanguineti, Capriccio italiano
1314 Augusto Roa Bastos, Die Nacht des Admirals
1315 Frank Wedekind, Lulu – Die Büchse der Pandora
1316 Jorge Ibargüengoitia, Abendstunden in der Provinz
1317 Marina Zwetajewa, Ein Abend nicht von dieser Welt
1318 Hans Henny Jahnn, Die Nacht aus Blei
1319 Julio Cortázar, Andrés Favas Tagebuch
1320 Thomas Bernhard, Das Kalkwerk
1321 Marcel Proust, Combray
1322 Ludwig Wittgenstein, Logisch-philosophische Abhandlung
1323 Hermann Lenz, Spiegelhütte
1325 Sigrid Undset, Das glückliche Alter
1326 Botho Strauß, Gedankenfluchten
1328 Paul Nizon, Untertauchen
1329 Álvaro Mutis, Die letzte Fahrt des Tramp Steamer
1330 Sherwood Anderson, Winesburg, Ohio
1331 Derrida / Montaigne, Über die Freundschaft
1332 Günter Grass, Katz und Maus
1333 Gert Ledig, Die Stalinorgel
1334 Yasushi Inoue, Schwarze Flut
1335 Heiner Müller, Ende der Handschrift
1336 Hans Blumenberg, Löwen
1337 Konstantinos Kavafis, Gefärbtes Glas
1338 Wolfgang Koeppen, Die Jawang-Gesellschaft
1339 Jorge Semprun, Die Ohnmacht
1340 Marina Zwetajewa, Versuch, eifersüchtig zu sein
1341 Hermann Hesse, Der Zauberer
1342 Hermann Broch, Hofmannsthal und seine Zeit
1343 Bertolt Brecht, Kalendergeschichten
1344 Odysseas Elytis, Oxópetra / Westlich der Trauer
1345 Hermann Hesse, Peter Camenzind
1346 Franz Kafka, Strafen

1347 Amos Oz, Sumchi
1348 Stefan Zweig, Schachnovelle
1349 Ivo Andrić, Der verdammte Hof
1350 Rudolf Borchardts Leben von ihm selbst erzählt
1351 André Breton, Nadja
1352 Ted Hughes, Etwas muß bleiben
1353 Arno Schmidt, Das steinerne Herz
1354 José María Arguedas, Diamanten und Feuersteine
1355 Thomas Brasch, Vor den Vätern sterben die Söhne
1356 Federico García Lorca, Zigeunerromanzen
1357 Imre Kertész, Der Spurensucher
1358 István Örkény, Minutennovellen
1359 Josef Winkler, Natura morta
1360 Giorgio Agamben, Idee der Prosa
1361 Alfredo Bryce Echenique, Ein Frosch in der Wüste
1363 Ted Hughes, Birthday Letters
1364 Ralf Rothmann, Stier
1365 Arno Schmidt, Seelandschaft mit Pocahontas
1366 Bertolt Brecht, Geschichten vom Herrn Keuner
1367 M. Blecher, Aus der unmittelbaren Unwirklichkeit
1368 Joseph Conrad, Ein Lächeln des Glücks
1369 Christoph Hein, Der Ort. Das Jahrhundert
1370 Gertrud Kolmar, Die jüdische Mutter
1371 Hermann Lenz, Vielleicht lebst du weiter im Stein
1372 Ludwig Wittgenstein, Philosophische Untersuchungen
1373 Thomas Brasch, Der schöne 27. September
1374 Péter Esterházy, Die Hilfsverben des Herzens
1375 Stanislaus Joyce, Meines Bruders Hüter
1376 Yasunari Kawabata, Schneeland
1377 Heiner Müller, Germania
1378 Du kamst, Vogel, Herz, im Flug; Spanische Lyrik
1379 Giorgio Agamben, Kindheit und Geschichte
1380 Louis Begley, Lügen in Zeiten des Krieges
1381 Alejo Carpentier, Das Reich von dieser Welt
1382 Nagib Machfus, Das Hausboot am Nil
1383 Guillermo Rosales, Boarding Home
1384 Siegfried Unseld, Briefe an die Autoren
1385 Theodor W. Adorno, Traumprotokolle
1386 Rudolf Borchardt, Jamben
1387 Günter Grass, »Wir leben im Ei«
1389 Hans-Ulrich Treichel, Der Felsen, an dem ich hänge
1390 Edward Upward, Reise an die Grenze
1391 Adonis und Dimitri T. Analis, Unter dem Licht der Zeit
1392 Samuel Beckett, Trötentöne/Mirlitonnades
1393 Federico García Lorca, Dichter in New York
1394 Durs Grünbein, Der Misanthrop auf Capri
1395 Ko Un, Die Sterne über dem Land der Väter
1396 Wisława Szymborska, Der Augenblick/Chwila
1397 Brigitte Kronauer, Frau Melanie, Frau Martha und Frau Gertrud
1398 Idea Vilariño, An Liebe

Bibliothek Suhrkamp

Alphabetisches Verzeichnis